1
井上みつる
Illustration 鈴ノ
異世界転移して
教師になったが
恐れられている件
~王族も貴族も関係ないから
真面目に授業を聞け~

CONTENTS

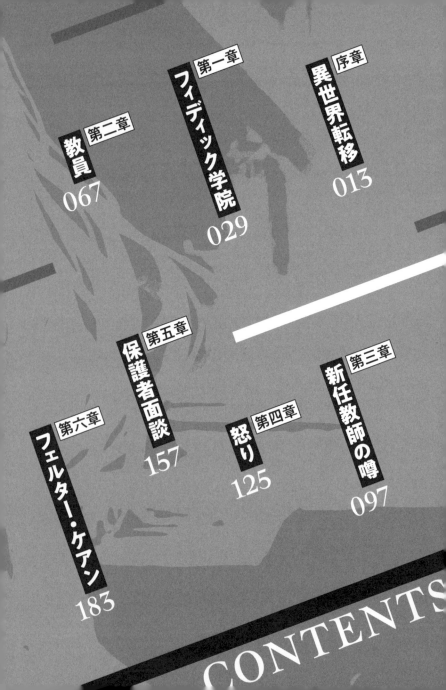

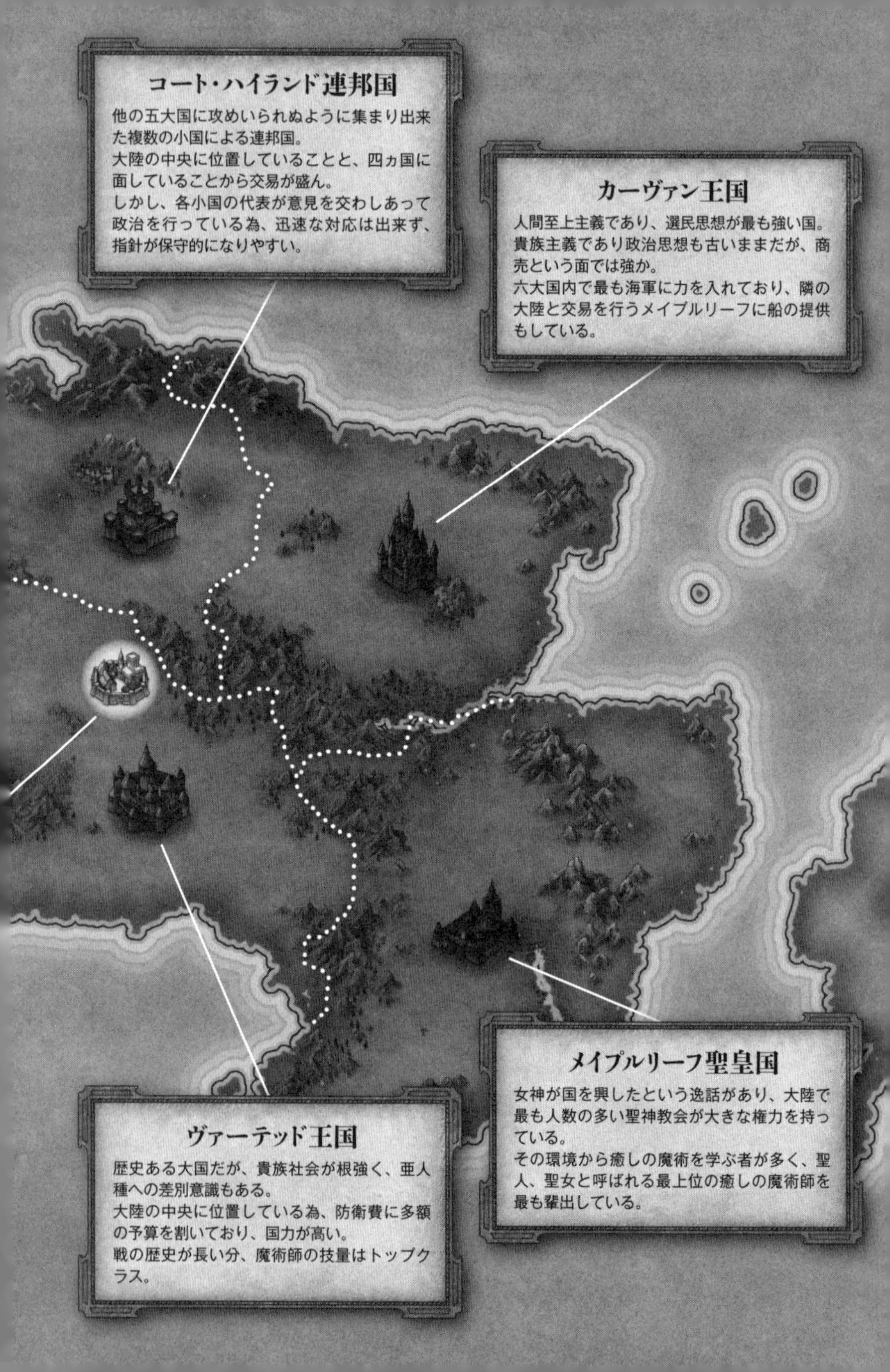
コート・ハイランド連邦国
他の五大国に攻めいられぬように集まり出来た複数の小国による連邦国。

大陸の中央に位置していることと、四ヵ国に面していることから交易が盛ん。

しかし、各小国の代表が意見を交わしあって政治を行っている為、迅速な対応は出来ず、指針が保守的になりやすい。

カーヴァン王国
人間至上主義であり、選民思想が最も強い国。

貴族主義であり政治思想も古いままだが、商売という面では強か。

六大国内で最も海軍に力を入れており、隣の大陸と交易を行うメイプルリーフに船の提供もしている。

メイプルリーフ聖皇国
女神が国を興したという逸話があり、大陸で最も人数の多い聖神教会が大きな権力を持っている。

その環境から癒しの魔術を学ぶ者が多く、聖人、聖女と呼ばれる最上位の癒しの魔術師を最も輩出している。

ヴァーテッド王国
歴史ある大国だが、貴族社会が根強く、亜人種への差別意識もある。

大陸の中央に位置している為、防衛費に多額の予算を割いており、国力が高い。

戦の歴史が長い分、魔術師の技量はトップクラス。

ブッシュミルズ皇国
獣人が多い為、獣人の国と揶揄されることもあるが、亜人差別を受けた者達の移住先でもある為、多種多様な種族が暮らしている。
ただ、無差別に難民が集まっている分無法者も多く、高く売れるドワーフの武具を盗む輩が定期的に現れる為、グランサンズとは良好な関係とは言いづらい。
グランサンズ王国
ドワーフ達が鍛治を行う為に鉱山を削って作り上げた国。
世界最高レベルの武具や防具が作られている。小さいながらも魔獣の多い山や森を開拓して作り上げただけあり、天然の要塞である王都は難攻不落。
ウィンターバレー
最上級の魔導学院、フィディック学院を有する為、六大国の庇護下にあるヴァーテッド王国の特別自治領。

序章　一　異世界転移

死んだ。

自身の体の感覚だけでなく、思考も意識も朧《おぼろ》げな中で、私はそう知覚した。

何故かは分からない。ただ、自分が死んだことだけは理解出来る。

まるで海の中を漂うように不明瞭な意識の中に、ぼんやりと心を重くする影のようなものを感じた。

その影は徐々に重く深く広がっていき、その姿を正確に私に認識させる。

これは、哀しみと後悔だ。

剣道で最後まで日本一になれなかった。母が亡くなってから、父には私を日本一にすることしかなかったというのに。

自らの目標を失い、父の志を継ぐべく学校の教師となった。元から先生は目指していたが、その想いがまるで呪いのように自らを蝕《むしば》んでいたように思う。しかし、自身の代わりのように生徒を理想の剣士に育てようと思ったが、上手くいかない。こちらが必死になればなるほど、生徒の反発を受けることもあった。教師同士でのいざこざも厄介だったし、新人教師だからと先輩からの押し付けや面倒な親からの理不尽な要求にも翻弄された。

そもそも、父の期待に応えることが出来なかったこと。この後悔は何よりも深く、重い。

もし、やり直せたなら……もし、私が望む理想とする自分になれたなら……。

泣き出したくなるような想いとともにそう考えた瞬間、私の意識は溶けて薄まるように霞《かす》んでいった。

◇

目が覚めた時、私はログハウスのような、丸太が並んだ天井を見上げていた。

天井は赤く照らされており、濃い影が所々に落ちている。火が弾《はじ》ける音と、甘い木の香りがした。

あとは、少し野性的な皮の匂いだ。

体の感覚はあまりない。目だけで周りを見るが、自分が白い毛皮のようなものの上に寝ていることが分かった。六畳程度の部屋にいるらしく、丸太を積み上げたような壁の中程がくり抜かれ、窓の代わりとなっている。

僅かに見える空は暗く、今が夜と知れた。

「……ん、起きたか」

不意に声が聞こえて、私は目を横に向ける。簡素な戸の向こうから、大きなローブを着た人が現れた。

背は高く細身だ。大きめの白いローブを着ており、裾を引き摺《ず》ってこちらに歩み寄って来る。

フードを目深に被《かぶ》っていたが、近くにきて取った。現れた顔は美しいとしか形容出来ないものだった。

ただ、性別が分からない。男にも見えるし、女にも見える。髪は背中に届くほど長い為、余計に中性的だ。美しく艶やかな白髪と緑色の目は嫌でも目を引く。

だが、何よりも気になったのは、耳が細長く尖《とが》っていることだった。

「……意識はしっかりしているか？　言葉はどうだ？」

声を聞き、ようやくこの人物が男と分かる。だが、尋ねられても声は出なかった。

「……ふむ、状況も分かっていなさそうだな。お前は私の家の近くの原っぱに倒れていた。人里どころか街道すら遠く離れた草原だ。草は私の腰ほどの高さがあったから、倒れていたお前を発見したのは本当に偶然だった」

そう口にしてから、青年は私の隣にあぐらをかいて座り、私を見下ろした。

「私は森の賢者、オーウェン・ミラーズ。まだ幼な子のお前が、何故こんな場所にいたのかは分からないが、暫《しばら》く面倒を見てやろう」

と、オーウェン・ミラーズを名乗る青年は自己紹介と共に不思議なことを口にする。

幼な子、とは誰のことか。いや、そもそも、このオーウェンという青年は、普通の人間ではないように見える。あれが付け耳などのアクセサリーでないのならば、まさかエルフという空想の生き物だろうか。物語のように、エルフは長命だから私の年齢なんてまだまだ子供のようなものということだろうか。

「名前は？」

不意に聞かれて、私は無意識に答える。

「神湊、葵……」

「コーノミナト、アオイ……ふむ、珍しい名だ。もしや、お前は……」

何か言われた気がするが、視界が霞み、音も聞こえなくなっていく。

眠くて、どうしようもない。

様々な疑問が頭の中でぼんやりと浮かんでは消える中、徐々に意識は薄れていった。

◇

あれから十二年。

私の肉体年齢は二十を超えた。まさか、本当に若返っていたとは。死んだ時は二十四歳だったから、いまだ元の年齢には達していないということだ。

ここは地球ではなく、私は異世界に転移したのだと知り、様々な葛藤があった。未熟なまま、何も成し遂げずに終わってしまった教師としての自分にも納得は出来ていない。何より、独り残してしまった父のことが気になった。しかし、それらを思い悩み続けても、何も起きない。状況は改善しないのだ。だから、私は元の世界に戻る為にも、この世界について学ぶことにする。

私のことを渡り人と呼ぶオーウェンは、相当に好奇心を刺激されたらしく、私に様々な魔術的知識を与え、学ばせた。

どうやら、数百年に一度程度現れる異世界の知識を持つ者のことを渡り人と呼ぶらしく、これまでも国や文化、学問、魔術などに大きな改革をもたらしたという。

それ故か、オーウェンは森の中にたった独りで住んでいるというのに、思ったより近代的な生活をしていた。

まず、冷蔵庫がある。氷の魔石から冷気を放出しているらしいが、用途は同じである。同様に風の魔石を用いた羽のない扇風機があり、中の箱に氷や火の魔石を置くとエアコンとなる。

それだけでも驚いたが、二階の端には水を溜めた貯蔵とお湯を溜めた貯蔵があり、苦もなく風呂に入ることが出来た。

少しオレンジがかった照明やコンロ、水洗トイレもあり、それらを総じて魔術具というらしい。

オーウェンは魔術具マニアらしく、ありとあるゆる魔術具を持っているとのこと。日本でいう家電《かでん》芸人みたいなものだろうか。

とりあえず、魔術具の話を振ると饒舌《じょうぜつ》になるのが鬱陶しいので、あまり魔術具には興味がないといった態度を見せている。

ちなみにオーウェンは彫刻のように美しいが、無口で意外に細かい性格をしている。私が料理をすると味が薄いだの文句をポツリと一言呟《つぶや》く。じゃあ食べるなと言っても無言で全て平らげる。下手をしたら「おかわり」なんて言い出す始末。

天邪鬼《あまのじゃく》な性格は悪ガキのようだ。

そんなオーウェンだが、魔術を教える時は丁寧だ。いや、細かい性格だから小さな違和感が気になるのかも知れない。

「違う。アオイ。上級を使うなら魔力操作が重要だ。出力じゃない。もっと絞れ。違う。絞りつつ魔力を込める量は減らすな。針より細い魔力の棒に更に魔力を練り込んで、太さを変えずにどんどん硬くしていくような……」

「ちょっと、黙ってて……集中してるから……！」

「……はたして、魔術を使う時、いつでも静かで集中しやすい環境にあるだろうか。否。そのようなことは稀である。いざという時、魔術の行使の必要にかられた時は殆《ほとん》どの場合……」

「あぁ、もう……！」

と、魔術に関しても饒舌になるのは良いが、煩《うるさ》い。

オーウェンの受け売りだが、魔術は頭の中で魔法陣を描く作業と認識している。その魔法陣の作り方を分解して工程一つ一つを口に出すことが詠唱と呼ばれる行為となる。

つまり、魔術の設計図であり発現にあたって重要な儀式となるのだが、オーウェンはこの詠唱という工程を省略することに拘《こだわ》った。

二百年前に途絶えたとされる古代魔術では、魔法陣を実際に描く魔術もあったらしい。それをオーウェンは一人で調査、研究し、解明にまで至った。通常の魔術師からすると天才を通り越して異常と言われる偉業らしいが、オーウェンはそれでも満足しなかった。魔法陣を描きながら適度な魔力を込めるという手法を理解しつつ、既に描かれた魔法陣に魔力を流し込むことで描く手間を省いたのである。

既に描かれた魔法陣に魔力を流す場合、もう魔力が流れる道は出来上がっている為、魔力操作は緻密を極めた。

僅かでも多ければ暴発し、足りなければ魔力は失われるのに何も起きない。

とはいえ、確かにオーウェンは魔法陣を描くこともなく、魔術の無詠唱化に成功した。それを使用できる存在は今のところオーウェンと私だけではあるが。

当初この研究を始めた際、誰もがオーウェンのことを白い目で見たという。その為、オーウェンはたった一人で研究を続けていた。もったいないことだ。

「……よし、出来た。この指輪の中の宝石には炎の魔術の立体魔法陣が刻まれている。これなら失敗しても燃え尽きないだろう」

「立体魔法陣って、特級以上じゃなかった？」

「そうだ。これだけ魔法陣を圧縮出来るのは世界で私だけだろうな」

「……凄《すご》いけど、あまり自分で言わない方が良いかも」

◇

「これ、こっちの青い宝石の方が作りやすいみたい」

「……む、なるほど。レコーダイトか。魔力の伝導率が高いからな。だが、硬度は高くない」

「割れづらいように球体にしてリングや防具の内側に取り付けたらどう？　別に露出する必要はないでしょう？」

「……アオイは天才だったのか……」

そんな会話をしながら、気がつけば私はオーウェンに教えてもらった魔術や魔術具、無詠唱の秘術の殆どをマスターしてしまった。

今や、オーウェンは私に教えるというよりも共同で魔術の研究をしているという気持ちで話をしていた。

そんなある日、夕食を食べ終わってゆったりとしたお気に入りの椅子に座ったオーウェンが、静かに口を開く。

「……十二年。たった十二年だ。それだけの時間で、お前は私の百年を自分の物にしてしまった」

そう呟き、オーウェンは目を細めて遠い目をした。

「……ゼロから一人で研究した貴方と、出来上がった結果を教えてもらうだけだった私とじゃあ比較できないでしょう？」

もしかしたら気落ちしているかもしれない。そう思いフォローしてみたが、オーウェンは葡萄酒《ぶどうしゅ》の入ったグラスを口に寄せて軽く呷《あお》った。

「別に凹んでいるわけじゃない。ただ面白くないだけだ」

「ほら、拗《す》ねてる」

困ったような目で指摘すると、オーウェンは鼻を鳴らしてグラスを軽く揺らす。

「違う。アオイの成長の停滞が面白くないということだ。新しいことを教え続けることが出来れば、アオイはいったいどこまで強大な魔術師となるのか……もしかしたら、本当の意味で魔術を極め、魔導の深淵へと辿《たど》り着くこともあるかもしれない」

僅かに興奮した様子で、オーウェンは語った。

魔導の深淵。これは、古来から魔術書などに登場する言葉だ。魔術を極めていくと、魔力の生まれる源や行使する際に必要とされる魔法陣や詠唱の理論を完全に解明することが出来るとされている。

だが、到達した者はいない為、作り話と思う者が大半だろう。

しかし、オーウェンは無詠唱の為に魔法陣を研究する過程で、魔導の深淵到達の可能性を見出したという。

「……この中央大陸は西と東の大陸に比べて文明も魔術も優れていると言われている。その中央大陸の中の六大国が合同で作り上げた世界最大の魔術学院……それが、フィディック魔術学院だ」

「……何の話？　まさか、その学院に、私が……？」

そう尋ねると、オーウェンは鼻から息を吐いた。

「六大国は当然ながら多数の国から教師や生徒が学院に集まる。その中には、私もまだ知らない魔術が必ずある筈《はず》だ。他にも、学院内での魔術研究も盛んに行われており、新たな魔術はフィディック学院から生まれるという言葉まである」

「そこなら、私もまだ学ぶことがある、ということね？」

確認するように聞くと、オーウェンは軽く顎を引く。

「新たな魔術に出会えるかは行ってみなければ分からん。だが、フィディック学院ならば、丁度友人がいる。話は早い筈だ」

そう言われて、私は思わず一瞬止まってしまった。それにオーウェンは首を傾《かし》げる。

「どうした」

「……オーウェンに友達……？」

「馬鹿にしているのか」

疑問を口にすると、オーウェンは顔を引き攣《つ》らせた。

「あぁ、ごめんなさい。オーウェンは、もう三十年もこの森に一人で暮らしてるみたいだから……」

「……確かに、あいつの生存については考慮したことがなかったな。まぁ、殺しても死なないような奴だ。恐らく大丈夫だろう」

難しい顔で溜め息を吐《つ》き、オーウェンはそう呟く。

「それで、その友達の名前は？」

「ん、グレン。学院の長をしている筈だ。ハーフエルフだが、まだ百三十歳ほどだからな。健在だろう」

と、オーウェンはさらっと口にした。

「……学院の長。それなら、確かに大丈夫そう。じゃあ、その人に頼んで、学生になればいいのね」

答えると、オーウェンは吹き出すように笑う。

「何を言っている。基本の魔術と応用を学ぶ学生などアオイには意味がない。そうではなく、教員になって様々な国の教師と知り合いになり、独自に研究している魔術を学んだ方が良い」

何でもないことのようにそんなことを言い出したオーウェンに、思わず眉間に皺《しわ》が寄った。日本でのことだが、教師としての自分には苦い思い出ばかりなのだ。未熟ゆえに、先輩の教師や生徒の両親からよく無理難題を突き付けられてしまった記憶がある。

「オーウェンの方が教師に向いてるんじゃない？　私が助手として付いていくわ」

「そんな面倒なことやってられん。色々横から言われるのが嫌で人里から離れたんだ」

と、嫌そうに言われてしまった。理不尽だ。

「……それにしても、いきなり教師なんて」

そう口にすると、オーウェンは数秒考えるように目を瞑《つぶ》り、グラスを傾ける。

「……大丈夫だろう。アオイは、人に物を教えることに向いている。それに学生が学ぶのは、詠唱魔術による基礎と応用だ。魔法陣を作る際に散々解体して調べ尽くしたものだからな。アオイには簡単過ぎる」

くつくつと笑いながらそう言うオーウェン。

目を細めながら肩を揺すって笑う姿は、どこか年齢を感じさせる仕草だった。

「……分かった。でも、学院にはどうやって？」

尋ねると、オーウェンはこともなげに言った。

「街道まで案内しよう。真っ直ぐに森を抜ければ二日ほどで辿り着く。後は、街道に沿って進むと良い」

「徒歩？」

「この森付近で飛行魔術を使えばドラゴンに襲われるかもしれない。一体ならば良いが、二体三体となるとアオイでも厳しいだろう。まぁ、私なら五体は余裕だが」

「聞いてないわよ」

そっと自慢を言い添えたオーウェンにピシャリと突っ込みをいれて、細く息を吐いた。

「……それで、街道に出てからもずっと歩くの？　やっぱり、転移魔術なんて便利なものはないのね」

溜め息交じりにそう告げると、ハッとした顔でこちらを見てきた。

「……転移？　魔術により移動することか？　なんということだ。そんな魔術が……いや、可能性は十分にあるぞ。無から精霊を生み出す魔術はあるのだ。魔術を終えた時、精霊は消える……これはつまり、別の空間から精霊を呼び出し、また帰還させていることと同じかもしれない……ということは……」

余計な言葉を発してしまった。気がつけばオーウェンは完全に研究者モードになっており、もう私が学院に行くことなど忘却してしまっている。

◇

森の中を休憩を挟みながら二日間歩き続け、更に街道に出てからは南へ歩き続ける。

「ここは魔獣が強く、治安が悪い。そう簡単には通常の馬車などには出会えないだろう」

「なんでそんな場所に住んでるのよ」

呆《あき》れながら返事をしつつ、二人で街道を進む。

魔獣が現れたら倒し、盗賊が出たら二人で追い払った。普通なら過酷な旅路だが、二人で歩けば意外と苦ではなかった。

そうして、私達は交易都市であるハイウッドへと辿り着いたのだった。

東ヨーロッパを彷彿とさせる街並みは面白く、初めて大きな街を見て感動を覚える。オーウェンの家はある意味近代的過ぎて感動が薄かった。また、オーウェン自体が研究と魔術具《かでん》に傾倒する残念エルフだったことも大きい。

「……何か失礼なことを考えているな」

「気のせい」

そんなやり取りをして、オーウェンは肩をすくめながら、口を開いた。

「さぁ、ここでお別れだ。これに金貨を三十枚と銀貨を三十枚入れてある。数ヶ月ゆっくり旅をしてもゆとりがある額だ。そこの商会に言って、フィディック学院まで行く商人の一団に同行させてもらうと良い」

「もう帰るの？　一泊くらいしていけば良いのに」

「私には転移魔術の研究という新たな課題が……」

「分かった、もう良いわ」

オーウェンらしい発言に苦笑しつつそう言ってから、数秒視線を彷徨《さまよ》わせる。

オーウェンは親ではないし、友達とも呼びづらい。師匠と弟子、もしくは研究仲間のような存在というのが最もしっくりくるだろう。

だから、何と言って別れの挨拶にしたら良いか。

「……今まで、ありがとう。頑張ってくるから」

だから、笑顔でそう言った。

これが、一番私達らしいと思ったのだ。

だが、オーウェンは無表情に頷《うなず》き、私の頭に片手を置いた。

「こちらこそ、だ。勝手だが、私はアオイをたった一人の娘だと思っている。何かあったら、帰ってこい」

不器用だが、真摯な声と態度で言われたその言葉は、私の胸に深く響いた。

手のひらからじんわりとオーウェンの体温が伝わり、初めて頭を撫《な》でられたことに気がつく。

涙が自然と込み上がってきて、鼻がツンとした。

「……研究に役立ちそうな知識を得たら、すぐに帰るんだぞ」

「……っ、馬鹿ね」

結局、いつものオーウェンらしい言葉を最後に、私達は別れの挨拶としたのだった。

第一章 ― フィディック学院

「……これが、フィディック学院」

私は巨大な城と見紛《みまが》う建造物を見上げて、呟いた。石造の城壁や尖塔が立ち並び、中央には目を見張るほど巨大なゴシック様式の建物が聳《そび》えている。正面には左右に分かれる形で川も流れ、尖塔も含めればその敷地の広さはどれだけのものになるか。

こんな建物、地球ですら見たことがない。

私は素直に驚きながら、石畳の道を進んだ。

周囲を見れば頭に獣の耳が生えた者や尾が生えた者、耳の長い者や子供のような身長なのに豊かな髭《ひげ》をたくわえた者もいる。

衣服の様相も様々だが、何より鎧や甲冑《かっちゅう》姿の者や全身を隠すようなローブ姿の者もいる。

まるで冗談みたいな光景だが、もう亜人種や獣人、エルフも見慣れてしまった。大きな街ならば多種多様な人種がいるのは当たり前である。

珍しいのは巨人族や人魚族、妖精族などだが、そちらも世界のどこかには実在するという。

威圧感すら覚える荘厳な門を見上げ、私は溜め息を吐いて一歩踏み出した。

その時、突然門の中から声を掛けられる。

「……そこの方。ここから先は世界一と称される魔導学院、フィディック学院です。こんな時期に編入という情報はいただいておりませんが、何用でしょう？」

と、まるで穏やかな歌でも歌っているかのような流麗な声音で警告された。

顔を上げると、そこには目を見張るような青い髪の美青年が立っていた。貴族が好む軍服とビジネスーツの間のようなデザインの服を着ている。黒を基調とした堅い雰囲気でありながらそこかしこに銀の紋様が刺繍《ししゅう》されており、傍目《はため》からでも高級な仕立てと分かった。

「……ここで働けと言われました。学長であるグレン様に取り次いでもらいたいのですが」

そう告げると青年は優しげに微笑《ほほえ》み、首を左右に振った。

「申し訳ありませんが、今の話が納得できるほどの内容の身分証、もしくは同様の地位にある方からの紹介状はお持ちですかね。ご存知でしょうが、学長は血筋ではなく圧倒的な魔力とそれによる様々な偉業を評されて侯爵にまで成り上がられた方です。簡単にお会い出来る方ではありませんが」

値踏みするような視線と共にそう言われて、私は眉根を寄せる。

「それは困りました。私は平民ですので地位を証明する身分証はありません。魔術師協会のギルドカードならありますが……」

そう応えると、青年は明らかに興味を失ったように表情を消した。

「……では、お帰りを。私もこれで失礼します」

あっさりとそれだけ言って踵《きびす》を返す姿を見て、一言掛ける。

「手紙だけでも届けてもらえませんか？」

すると、青年は静かに振り返って腕を組み、首を傾げた。

「……手紙、ね」

胡散臭《うさんくさ》そうに呟かれたその言葉に、私は肩掛けの革の鞄から一枚の白い紙を取り出した。封蠟《ふうろう》も何もしておらず、ただ三つ折りにしただけの一枚紙だ。それを見て、青年は僅かに興味の色を取り戻す。

「その手紙は?」

「挨拶状みたいなものと聞いています。勿論、何も仕掛けなどはありません。問題がなければグレン学長にお届けしますが」

「届ける? それを決めるのはこちらの筈ですが……」

馬鹿にしたようにそう口にしながら、青年は私の手の内から手紙を取り上げた。この青年、美形だが遠まわしで嫌みな言い方をする。あまり真正直に相手をするのは面倒そうだ。

折り畳まれたままの手紙に手のひらを向け、僅かに目を細める。青年の端整な顔に影が落ち、長いまつ毛が揺れた。絵になる姿に若干腹が立つ。

「確かに……魔術の仕掛けなどはなさそうですね。後は中身ですが……」

そう口にしたのを聞いた瞬間、私は無属性魔術、虚空の手《リトルパーム》を発動させた。

無詠唱、更に最小の魔力による虚空の手は高位の魔術師と思われる青年にも察知すらさせず、手紙を奪い返した。

「お手数をお掛けしないよう、私が届けます」

それだけ告げて、新たな魔術を発動する。

流石《さすが》に二度目はないとでも言うように、青年は素早く防御魔術を展開しようと動いた。

「白い渡り鳥《エアメール》」

呟くと、手紙はふわりと浮き上がり、そのまま城の最上階目掛けて飛んでいく。狙う先は建物の最上階である。魔力の糸に引っ張られるように、手紙は羽ばたいていった。その様を、青年は半ば呆然《ぼうぜん》と見上げていた。

面倒だし、気付かれない内に逃げよう。

そう思った私は、何食わぬ顔でその場を離れたのだった。

【ＳＩＤＥ：スペイサイド】

変な女性だった。この辺りでは珍しいほどの艶やかな黒髪の少女である。年齢は十代後半といったところか。しかし、その雰囲気は自分よりも年上のようでもある。

細身ながら目つきは鋭く、立ち姿はさながら軍人のようだった。

あまりに堂々としていた為、馬車にも乗っていないのに思わず貴族と誤解してしまった。だが、聞けば平民だという。

学院は誰でも受験することが出来る為、教員も同様に出自は無関係としている。

しかし、常識的に考えて最上級の魔術師の学舎なのだから、殆どは貴族の生まれだ。教員などは一流の魔術師ばかりであり、生まれも大半が侯爵家や伯爵家となっている。

故に、入学の時期でもないのに平民が学長に面会を求めるなど、聞いたこともない珍事であった。

この女性は詐欺師か、はたまた狂人か。内心そんなことを思いながら会話をし、適当にはぐらかして帰らせようとしたのだが、女性は苦し紛れのように妙な紙切れを出した。

真っ白な紙だ。私でも殆ど見たことがないほど上質な紙を見て、思わず興味を抱いた。

と、紙に意識を取られている内に女性が魔術を発動し、手元から紙を奪われてしまった。

いつ詠唱したのか。なんの魔術を発動させたのか。

なにより、この私が事後にしか気付けないことなど、これまで一度たりともなかった。

頭の中は混乱し、心拍数が跳ね上がった。

緩んでいた警戒心が瞬時に張り詰める。素早く動けるように腰を落として重心を下げながら口を開き、防御の為の詠唱に入る。

「お手数をお掛けしないよう、私が届けます」

瞬間、女性はまた見たことのない魔術を発動し、手紙を空へと飛ばしてしまった。

二度目だというのに、魔術行使の準備動作も発動の瞬間も分からなかった。

まさか無詠唱などということはないだろう。

ならば、極限まで呪節を削った詠唱と考えるべきだ。私とて、得意な水の魔術ならば幾つか呪節を削った短縮呪文《ショート》を使うことが出来る。

だが、それにしても、だ。そうだったとしても、あまりにも発動が早過ぎる。準備が分からなさすぎる。

「あ、あなたは……いったい……」

呆然と空を見上げた後、視線を下げながらそう呟き、女性の姿を探した。

だが、視界に入るのは見慣れた石畳と石造の壁ばかりだ。

女性の姿は、忽然《こつぜん》と消えていたのである。

【SIDE：グレン】

薄い色合いの石を積み重ねて模様を作り上げた壁。高い天井と厚い木の板を用いた床。灯りは古い造りの魔導石ランプのみであり、家具も古い木製のものばかりの部屋だ。

この部屋の中の物は、どれも長く使い込んできた思い出深いものだ。

窓からはこの大きな学園が一望でき、第二の我が家とでも言えるほど馴染んだ空間となっている。

そんな空間で古びた大きな木製の机と椅子に座り、今日も書類を睨《にら》み、唸《うな》る。

「……なんでこう問題ばかり起きるんじゃ……」

溜め息と共にそう呟き、項垂《うなだ》れた。

何も問題がなければ、落ち着く執務室で紅茶でも楽しみながら、ゆったり仕事をしたいところだ。

しかし、不思議と毎日問題が起きる。

いや、原因は分かっているが、如何《いかん》ともし難い問題故に先送りにしているだけである。

一つは教員の我が強すぎる問題。

なにせ、才能ある魔術師見習い達に教鞭《きょうべん》を振るうのだ。一流の魔術師でありながら、魔術の仕組みを研究した実績のある者でなくてはならない。

つまり、変人かつ頑固者が多い。挙句、一部は学院の教師としての特権を目的としており、授業は面倒事として片手間に行う者までいる。

そして、生徒の我が強すぎる問題だ。

古来より、魔術師として才能があるということは、将来を約束されたようなものである、という認識が常となっている。

それ故に、成り上がる為や没落を防ぐ為など、様々な理由で王侯貴族が魔術の才能を欲した。そうして長い年月を掛けた結果、上級の魔術師になれるような者は大半が貴族の出となっていた。

最上級の魔術師になりうる才能を持つ者など、ほぼ全てが貴族の生まれといっても過言ではない。

貴族として生まれ、卒業するだけで一種のステイタスとなるフィディック学院に入学できるだけの魔術の才能まである。

それはそれは調子に乗る者も現れるだろう。まだ若い学生ならば尚更だ。

そして、いざぶつかり合えば教員だろうが生徒だろうが魔術を行使してしまう。厳しい規律と罰が定められているというのに、貴族の誇りをかけて、などと宣《のたま》い、双方共に引くことはない。

これを打開する方法として最も確実なのは、地位に関係なく厳正な処罰によって律することなのだが、この学院の出資元は周辺合わせて六大国の王侯貴族である。あまり厳しくするとパトロンが怒り出すのだ。

つまり、構造的に問題が起きるシステムで運用されている。

そんな状況の中で、わしは大の大人が書いたとは思えない報告書を眺めて頭を抱えていた。

長々と高級な白い紙を四枚浪費して書かれた内容は、要約すると三行でまとまる。

教員の一人が男爵家の三男にも拘わらず、
公爵家次男である自分に対して無礼を働く。
このままでは学院の存続に関わるがどうするつもりか。

報告書を読み終わったわしは再度溜め息を吐いた。

「知らんがな」

報告書だけ見れば、この公爵家次男は何も悪いことをしていない。

だが、それまでの評価や授業を見た様子を鑑みれば、内容は真逆となる。

いや、確かに教員であるストラスは仏頂面で愛想が悪く、口も悪い。しかし、差別や区別をしない性格で、相手の良い所も悪い所も態度を変えずに真っ直ぐ告げる。

他者との関係性を大事にするタイプではないが、決して悪い人物ではないのだ。

対して、カーヴァン王国の公爵家次男であるバレルは普段から評判が悪い。最低限の授業数を受けねばならないのだが、自らが不要と判断するとサボりがちになり、何かしらの注意や叱責を受ければ癇癪《かんしゃく》を起こす。

更に困ったことにバレルには魔術の才があり、一部の科目ではトップクラスの成績である。地位も相まって、バレルを叱ることの出来ない教員や面倒がって距離を置く教員も増えてきた。

「……退学にしてしまうべきかのぉ」

これまでも、あまりにも目に余る生徒はたとえ王族でも退学にしてきた。

しかし、その場合は例外なく一悶着《ひともんちゃく》起きる。もっと面倒なことになるのはこれまでの経験から明らかだ。

勿論、王族や公爵家はその中でも最上級である。

「……困った」

背もたれに体重を預け、鼻から息を吐く。全く、面倒事ばかりである。

と、その時、珍しい感覚の魔力を感じた。

「む……これは無属性魔術か。なんと珍しい」

そう呟いて窓の方に目を向けると、窓の外に小鳥のようにパタパタとはためく白い紙が見えた。

その場から動かずに指を振って無属性魔術を発動し、窓を開ける。すると、白い紙はひらひらと中に入ってきた。

そのまま机の上に舞い降り、これがたんなる手紙ではなく、紹介状であると知る。

懐かしい送り主の名を見て、思わず「おぉ」と驚きの声が漏れた。

「オーウェン・ミラーズか。なんとまぁ、久方ぶりではないか……相変わらず素っ気ない文章だ」

苦笑交じりにそう言って、紹介状の文面を辿った。

元々短い文章だが、更に簡潔に三行でまとめるとこうなる。

初めて弟子をとったが、
呑み込みが早くて教えることがなくなった。
教員として雇ってみよ。

「……これはアレだの。弟子を自慢したいということかの」

呆れ半分にそう呟き、顎髭を指でつまみ、なぞるように撫でる。

読めば読むほど信じられぬ内容である。

我が友であり、同郷の魔術師たるオーウェン・ミラーズはわしと同等の魔術師だ。いや、ハーフエルフのわしと違い、希少な純血のエルフなのだから、老いたわしよりも魔力も魔術技能も上だろう。

そのオーウェンが、手解《てほど》きした弟子。

純然たる研究者であり探求者だったオーウェンは決して他者に時間を割くような者ではない。つまり、その者はオーウェンが興味を抱く程才能に満ちた存在だったのだ。

「……最後に会ったのは三十……いや、約四十年も前か。ならば、弟子とやらは精々三十数年でオーウェンの知と経験を自分の物にしたということか」

面白い。

学院を運営し、人種問わず様々な人物を見てきたが、そのような才人には未だ巡り合ったことはない。

既にオーウェンが免許皆伝を申し渡しているのならば、確かに教員として十分すぎる実力がある筈だ。

圧倒的な実力を持つ教員が教鞭を振るうなら、どの生徒も大人しくなるやもしれん。

「うむ、是非会いたい。もう学院に向かっているのか……いや、紙には、この者は、と書いてあるな。はて？　持参させたならば、手紙の主はいったいどこに……」

首を傾げながら紙を裏返してみたり、魔術印か何か隠されてないか探ってみたりしていると、扉をノックする音が聞こえた。

「誰かの」

声を掛けると扉は外から開けられ、水属性魔術の教員の一人であるスペイサイドが顔を出す。

「失礼いたします」

深く一礼し、スペイサイドは一歩室内に入って口を開いた。

「先程、怪しい女性がこちらへ手紙らしきものを飛ばしましたので、確認に……」

「怪しい女性……手紙の主を見たのかの？　その人物はどこへ？」

一人だったならば、間違いなくその女性とやらがオーウェンの弟子だろう。そう思いつつ聞き返すと、スペイサイドは首を左右に振る。

「分かりません。身分証もなく、ただ学長に会いたいなどと言う為、お引き取り願いましたが」

と、スペイサイドは失笑しながら返答した。

「……なんと……」

わしは思わず嘆きの声を漏らす。スペイサイドの手紙の主を馬鹿にしたような態度と言い方に、嫌な予感がした。

まさか、追い払ってはいないだろうか……。

「ま、まずかったでしょうか……？」

わしの態度を見て、スペイサイドの表情が引き攣る。

スペイサイドは少し選民思想の強い性格だ。身分証のない相手に敬意を持って対応したとは思えない。

普通は門番が来客の対応をするというのに、用事があってスペイサイドが学院の外に出たところで遭遇したのだろう。

なんと間の悪いことだ。

「……その者は私の友の弟子であり、大切な来客じゃ。まだ都市には居るじゃろうて。捜して連れてきてくれ」

そう告げると、スペイサイドの背筋がピシリと伸びた。焦りから語気が僅かに強くなってしまったか。スペイサイドの顔色は瞬く間に悪くなった。

「す、すぐに捜し出します！」

慌てた様子でそう言うと、部屋の外へ飛び出していく。その後ろ姿を見送り、わしは窓の方向を見た。

「……飛行魔術なんて覚えてたらまずいのぉ。すぐ帰ってしまうぞい」

わしは溜め息を吐きつつ、くだんの女性がすぐに見つかることを祈ったのだった。

【ＳＩＤＥ：アオイ】

よく整備された石畳の道を歩きながら、立ち並ぶ店々に気分が高揚する。

一大交易都市であり、ヴァーテッド王国の特別自治領でもあるウィンターバレーは最上級の魔導学院を有する為、六大国の庇護《ひごか》下にある。

戦争に巻き込まれる恐れは少なく、六大国を中心とした王侯貴族の学生が多い為、経済的にも裕福な都市だ。

各国の行商人はこぞってウィンターバレーに商品を持ってくる。それは結果として更にこの都市の豪華さを増大させた。

観光地としても人気があるだけに、メインストリートであるこの大通りは一際華やかである。串に刺した肉を焼く香りや音、揚げ物料理、果物を搾った飲料などの飲食店に、貴重なスパイダーシルクの衣服や貴金属の露店、中には武器や盾、鎧の露店まであった。

店の数や商品の種類だけでなく、闊歩する人々も多種多様であり、間違いなくこれまで見てきた街の中でも最大級の賑《にぎ》わいだ。

確か、街の入り口には奴隷や荷馬車、調教された魔獣などを扱う店もあった。

街の裏側には地下カジノもあると聞くが、やはりマフィアのような存在も多いのだろう。

「何でも表裏一体、といったところかな」

そんなことを呟いて独り頷きながら通りを進んでいくと、ふと脇道に目がいった。

表通りに比べると汚くて薄暗い。路地裏という雰囲気のその道の奥に、何かが落ちているのが見えた。

ボロ布を折り重ねたような、それは……。

目を凝らし、すぐに気が付いた。

いや、違う。何かが落ちているんじゃない。誰かが倒れているんだ。

すぐに駆け寄り、回復魔術の準備をする。

「大丈夫？　意識は……」

声をかけながら手を出した瞬間、ボロ布を体に巻き付けた女性が両手を広げた。その手には曲剣がそれぞれ握られている。

「動くんじゃないよ」

女性にしては低い声とともに、首筋に刃の先が向けられる。

見た限り、私を傷付けられるような腕でも獲物でもなさそうだが、一応動かずに聞き返す。

「貴女は？　私はまだこの街に来たばかりだから、誰かの恨みを買った記憶もないけど」

そう答えると、嘲笑する声が聞こえてきた。

「まだ分からないの？　怪我人《けがにん》も病人もいない。ここにいるのは騙《だま》された間抜けだけよ」

顔を歪《ゆが》めて押し殺したように女性が笑うと、路地の奥から二人の男が現れた。

「おぉ、上玉じゃないか」

「働き者の俺達に神様からのご褒美ってか」

軽薄そうな笑みを浮かべ、二人の男は近づいてきて私の顔を眺める。

「……私はあまりお金持ってないけど」

そう答えてみると、三人は吹き出すように笑い、男二人がそれぞれ何かを取り出す。

鎖と、鉄の輪のような何かだ。

「馬鹿か、田舎者。お前を売れば金貨に替わるんだよ」

「下手したら金貨二枚はいくぜ？」

げらげらと笑いながら、男達が近づいて来る。溜め息を吐き、私は反撃しようと口を開いた。

その時、一陣の風が吹き荒れる。

音を立てて吹いた風は、皆の動きをその場に縫いつけたように止めてしまった。

風の魔術師による拘束する風《バインド》だろうが、三人の様子を見る限り相当な精度だ。

普通なら手や指、首くらいは動かせるのだが、どうやら本当に指一本動かないらしい。

「……大丈夫か」

低い男性の声が聞こえた。

動けないまま冷や汗を流す二人の横を、ゆったりと歩きながら、背の高い男性が姿を見せる。

薄暗い路地裏にも拘わらず、輝くような銀髪が目に付く。スーツとローブを混ぜたような黒い魔術師の衣服を着ている。胸と右肩には学院の紋章があるが、金糸を用いて刺繍されているということは、彼が学生ではなく教員であるということだ。教員の服装は基本自由だが、畏まった場などでは学院支給のこの服を着ることが多いとオーウェンから聞いていた。

「大丈夫です。助かりました」

そう答えて、私の首元にあった曲剣の刃を指で摘《つま》み、押し退ける。

恐怖で涙目になっている女性を横目に、膝を手で払いながら立ち上がった。

顔を上げると、眉間に皺を寄せた男性の顔が視界に入る。困惑しているようだが整った顔立ちである。ただ目つきが鋭過ぎる。黒い衣装も合わさり殺し屋のような雰囲気となっている。

歳《とし》は三十前後だろうか。

そんなことを思っていると、男性は軽く首を傾げながら口を開いた。意外に可愛い動作をする。

「……俺の魔術を効果減衰《レジスト》した？　君は、魔術師なのか」

「はい。今日フィディック学院に行こうとしたのですが、青い髪の方に門前払いを受けてしまいまして」

「青い髪……スペイサイド、か。あいつは……仕方ない、受付をさせよう。付いてこい」

男性は一人で納得しながらそう言うと、踵を返した。

「あ、ちょっと待って」

背中に思わず声を掛けると、男性はこちらに横顔を向けた。

「ん……ああ、こいつらか。こいつらは衛兵に知らせておく。それまではこのままだ」

「ああ、いえ。まだお名前を……私は、アオイ・コーノミナト。貴方は？」

そう尋ねると、男性は眉を上げて振り返る。

「……そうか。俺はストラス・クライド。風属性の教員をしている。学院内は広く中々会うことはないだろうが、何かあれば頼ってくれ」

ぶっきらぼうにそう言うと、ストラスと名乗る男性はまた歩き出した。

不器用ながら、内面は優しいのだろう。

揺れる銀髪を眺めながら笑い、私は黙って後に続いた。

◇

学院に戻ると、門の奥へと連れられて入る。分厚い城壁と門の向こう側に入ると巨大な城や尖塔が近くなり、視界いっぱいに広がった。

「……うわぁ……」

思わず感嘆の声が漏れる。荘厳かつ豪華《ごうか》絢爛《けんらん》。まさに絶景といった光景だ。雲の切れ間から差し込む光が学院を照らし出している。

景色を眺めていると、後ろから声を掛けられた。

「……受付しないのか？」

言われて振り返ると、門の裏側にある家のような建物の前にストラスが立っていた。隣には小柄な老人がいる。

老人のもとへ行き、私は姿勢を正して口を開いた。

「こちらで教員として働けと言われて参りました。アオイ・コーノミナトと申します。グレン学長にお会いできませんか?」

「おぉ、お若いお嬢さん。学生の間違いじゃないのかね」

「私はもう二十歳です」

そう告げると、ストラスがギョッとした顔でこちらを振り向いた。

「……私は二十歳です」

ウィンターバレーまでの旅の間もよくあったが、年齢を勘違いされるのはいつものことである。

溜め息をつきながら返事をすると、ストラスは驚きの表情を崩さないまま口を開く。

「な……俺の四歳差だと? とても妹と同じ年齢には見えん……」

「え? 二十四歳? ストラスさんが?」

ストラスの発言に、思わず私まで驚いてしまった。三十歳くらいだろうと思っていただけに、かなり気まずい。

目を見開いたまま無言で見つめ合っていると、老人が笑いながら頷いた。

「理由は分かりました。実は、先程その学長殿から連絡を受けておりましてな。ストラス先生、学長室までご案内してくれますか」

老人にそう言われて、私とストラスは揃《そろ》って頷いたのだった。

◇

まさに洋城といった見た目と雰囲気の廊下を進み、城の最上階を目指す。

分厚い絨毯《じゅうたん》や手の込んだ石造の壁や天井、無数に取り付けられた魔導石ランプの灯り。学院の異常な広さを考えると大変豪華な造りだ。

廊下も階段も無駄に広い。これで教室なども同じように広く造っているなら、この学院の大きさの理由も分かる気がする。無数にあった尖塔の下には体育館や武道館、実習棟などがあるのかもしれない。

何にしても、約十二年ぶりの学校である。中々感慨深いものがある。まぁ、校舎だけでなく、生徒も先生も私の知っている学校とは大きく違うけれど。

「ここだ」

学院の見学をしていると、前を歩くストラスが足を止めてそう言った。

どうやら観光気分で歩いている内に着いてしまったらしい。

前を向くと、立ち止まってこちらに向き直ったストラスの後ろに巨大な両開きの扉があった。天井が高いこともあって随分と巨大な扉だ。

扉は黒い金属製で銀を用いた装飾が施されている。とても重そうな扉だが、ストラスがノックすると自動的に内側から開かれた。

　思いの外軽く開かれた扉の向こう側は、意外にも落ち着いた雰囲気の大きな部屋だった。天井が高く、大量の蔵書を収納した本棚や大きな窓が壁を彩っている。それまでは石や皮の匂いが強かったが、この部屋は図書館のように木と本の匂いがした。

　部屋の奥には幅三メートルはありそうな大きな机があり、その向こう側に白い髭を蓄えた老人が座っていた。

　老人は私を見て顔を上げると、両手を広げて微笑む。

「おぉ、君が手紙の主かの。可憐な少女じゃな。わしが学長をしておる、グレン・モルトじゃ」

「初めまして。アオイ・コーノミナトと申します。急な訪問にも拘わらず、お会いいただきありがとうございます」

　そう答えると、学長のグレンは片手を上げて頷いた。

「よいよい。それで、オーウェン・ミラーズは元気にしとるかの？　もう何十年も会っとらんのぉ」

　どこか嬉《うれ》しそうにそう尋ねて来るグレンに返事をする。

「元気過ぎるくらいです」

　そう答えると、グレンは楽しそうに笑い、何度も頷いた。

「そうじゃろうな。ハーフエルフのわしと違い、あやつは純血のエルフじゃ。まだまだ見た目も魔力も若々しい筈じゃて」

快活に笑いながら、グレンは手紙を手に取って顔の前に持ち上げる。気付かぬ内にグレンの顔には小さな眼鏡がかかっており、その位置を指で微調整しながら口を開いた。

「して、手紙には君を学院の教員にしろとある。これは、学生にしろ、の間違いではないのかの？」

「いえ、大変恐縮ですがこの学院であっても、私が学ぶことは最早ないそうです。ただ、私の望みを叶えるには教員として働いた方が早いと教えられました……それに、私の年齢を考えると学生は厳しいかと」

「ほ？　ちょっと鑑定しても良いかの」

「はい、構いませんが……」

そう答えると、すぐにグレンが鑑定魔術を使う。鑑定魔術を受けた時に感じる独特の違和感に、微妙にむず痒《がゆ》くなる。

僅かな違和感だが、魔力が強い者はそれを感じ取ることが出来る。ちなみに、魔力量にあまりに差がある場合、鑑定は弾かれてしまう。

鑑定に成功したということは、グレンもやはり相当な魔術師である証拠といえる。

グレンはまるで書物を読むように目を細めて私を見ながら唸り、最後には唖然《あぜん》とした顔になった。

「……こりゃ驚いた。魔力量でわしを超えとるばかりか、一部はわしでも読み切れん……まるで六英雄のようじゃの」

と、グレンは呆れたような顔で呟く。

その言葉には、これまで一言も発さなかったストラスも驚愕《きょうがく》した表情で口を開いた。

「六英雄……？　こんな少女が……？」

思わず、といった様子でそう口にしたストラスに、グレンは溜め息を吐く。

「……これも驚愕じゃが、どうやらアオイは二十歳。お主とさほど変わらん年齢じゃな」

と、失礼なことを口にする。

「……信じがたいところで」

そして、ストラスは更に失礼な態度でそんなことを言った。この学院に来るまでに何回もあったことだが、誰もが私を子供扱いするのだ。

流石の私も目尻が吊り上がるのは仕方ないだろう。

「……私の年齢に、何か？」

そう呟くと、二人は肩を跳ねさせて息を吞んだ。

「い、いや、何もないのじゃよ、何も」

「わ、悪かった。特に他意はないんだ」

慌てて言い訳と謝罪をする二人。何故だろうか。このグレン学長にはオーウェンと同じような気配を感じる。そのせいか、思わずオーウェンを相手にするような対応をしてしまった。悪気はないことは分かっていたので許してやることにする。

「……それで、私を教員として採用していただけますか？」

そう尋ねると、グレンは顔を引き攣らせつつも頷いた。

「そ、そうじゃな。しかし、魔術が使えることと教えることは違うのじゃよ。まずは、自分が得意と思う魔術をわしに教えてみてくれんか。ちなみに、魔術が教えられないとしても数学や言語、地理、歴史や文化、魔術具についての教員などもおるからの」

「……では、水の魔術で良いですか？」

「おぉ、大丈夫じゃよ。水の魔術師は火と土に並んで最も教員の層が厚いからの。中級以降ならば得意な魔術を幾つか教えてもらえたら十分教員として雇えるぞい」

グレンはそう言って笑うと期待に満ちた目でこちらを見た。少年のようにワクワクした顔で待つグレンをおかしく思いながら、私は何から教えるか考える。

理論を教えやすい魔術が良いだろうか。

「……では、水流弾《アクアボール》について」

「ふむ。中級魔術じゃの」

グレンの言葉に頷きつつ、私はまず手のひらを上に向け、空中に水球を浮かべる。

一瞬、二人の顔つきが変わったが、とりあえず解説をしてしまう。

「水の魔術を扱う場合、まずは水の特性について覚えてもらいます。水の量、形状、流れる速さ……基本はこの三つで、量を多く、形状は用途に合わせること。そして速度を一定以上とすることで、様々な場面で使える便利な魔術となります」

「うむうむ」

グレンやストラスが頷くのを横目に、浮かべた水の球の形状を変える。

ただふわふわ浮いていた水球の下部から線を伸ばすように水の管を作り、徐々に細くしていった。

「形状の変化やその維持、そして流量を限界まで引き上げることが出来たなら、この魔術は上級魔術に匹敵する魔術となります。さらに、粉末にした研磨剤を混ぜることによって特級魔術になり、オリハルコンの盾や鎧すら切り裂く高圧水流刃《アブレシブカッター》という……」

「ちょ、ちょっと待った！」

と、我ながら良い感じで魔術の解説を行っていたところに、グレンの待ったがかかった。

「何か？」

眉根を寄せてグレンに聞き返すと、グレンは目を見開いて声を上げる。

「い、いやいや……物凄い内容をさらさらと語っておったが、高圧水流刃《アブレシブカッター》などという魔術はわしも知らなかったのじゃぞ？　そもそも、発現した魔術に研磨剤を混ぜるなど、誰がそんな発想を……」

「私が作ったオリジナル魔術ですから」

「作っちゃったの!?」

「オリジナル魔術、だと……？」

またも驚く二人。師であるオーウェンは一流の魔術師ならば一つや二つ、独自の魔術を開発すると言っていたが。

「……それでは、とりあえず今回は中級魔術である水流弾の元である水球の作り方を教えます」

「ちょ、ちょっと待ってくれ！　な、何故何事もなかったかのように中級魔術の説明に……!?　後生じゃ！　オリジナル魔術を教えて欲しいのじゃ！」

グレンは大いに動揺し、立ち上がって懇願する。やはり、魔術学院の学長ともなると新しい魔術に目がないのかもしれない。

「でも、今は教員となる為の試験ですよね？　まずは学生向けに中級魔術を分かりやすく……」

「良い！　もう合格！　合格だから！　早く、オリジナル魔術を……っ！」

グレンが血走った目つきでそう叫び、私の教員試験はあっさりと合格で終わった。

◇

軽くオリジナル魔術の講義をし、実践などは後日また教えるということでようやく解放された。

ホクホク顔のグレンは上級教員待遇で迎えると宣言し、さっそくストラスに教員寮を案内するように指示したのだった。

上級教員とは、学年主任や各教科をまとめる教科主任といった教員が該当し、学院内での施設優先使用権限や個人の研究室などの優遇を受けることが出来る。また、給与面や寮の割り当てられる部屋なども良くなるらしい。

過去、採用されてすぐに上級教員になったのは、他国の宮廷魔術師や著名な魔術書の作者などを勧誘した場合のみとのこと。私の場合は上級以上のレベルのオリジナル魔術を披露したことが理由のようだ。

特別扱いは面倒な事態を引き起こすかもしれないと思ったが、優遇される施設の中に特別な図書館や個人の研究室があると聞き、思わず頷いてしまった。

と、ぼんやりと考え事をしている内に目的地に着いてしまったらしい。

中規模の塔の入り口前で立ち止まったストラスがこちらを振り返り、後ろ手に塔を指し示して口を開いた。

「……ここだ。この棟は女性教員用の寮だ。一階から三階までは一般教員用。四階から上は上級教員用となっている。後は、寮長に聞いてくれ」

それだけ言ってどこかへ行こうとするストラスに、私は眉根を寄せて声を掛けた。

「ちょっと待ってください。できたら、その寮長という方を紹介してほしいのですが」

そう告げると、ストラスは嫌そうに顔を顰《しか》める。

「……女子寮と女性教員寮は男は入れないんだ。ここから大声を出したところで寮長が出てくることは……」

ストラスが言い訳のようにそう言った直後、塔の中から小柄な女性が現れた。

緑の髪を三つ編みに結った幼い顔立ちの女性だ。大きめの眼鏡が可愛らしい。耳の先が尖っているが、エルフではなくドワーフだろう。服装は赤と白を基調とした民族衣装のような出立ちだった。こちらではあまり見ないが、地球のスイスの民族衣装に似ている。

十五歳程度に見えるが、ドワーフの女性は大体が小柄で童顔だ。見た目通りの年齢ではないだろう。

「あ、ストラスさん！　どうしたんですか、こんなところで!?」

と、ドワーフの女性は大きな声を出しながらストラスの下へやってきた。ストラスはそれを豪快にスルーして、私に顔を向ける。

「……ちょうど良いところにきた。コレはエライザ・ウッドフォード。土の魔術師だ。こう見えて中級と上級の魔術を教えている。後は、コレに聞いてくれ」

「コレ!?　コレって私ですか!?」

ストラスの台詞《せりふ》の一部に抗議の声をあげるドワーフの女性、エライザ。だが、ストラスは溜め息を一つして首を左右に振る。

「煩いが、悪い奴じゃない。本当に煩いが、悪気もない。耳を塞ぎたくなるが、コレに後は聞いてくれたら大丈夫だ」

煩い煩いと連呼するストラスに、エライザは小さな体で飛び上がりながら文句を言う。

「煩い!?　扱いが酷《ひど》いと思います！　待遇改善を訴えますよ！　だいたい、ストラスさんが無口だから私の声が大きく感じるんですよ！　ドワーフの国、グランサンズでは私もお淑《しと》やかな令嬢として有名だったんですからね！」

「……グランサンズには絶対に行きたくない……」

「な、なんてことを!?」

と、二人は私を放置して言い合いを始めてしまった。賑やかで少し面白いが、これでは話が進まない。

私は咳払《せきばら》いを一つして、エライザに向き直った。

「すみません。今日からこちらでお世話になるアオイ・コーノミナトと申します。寮長の方にお会いしたいのですが」

そう切り出すと、エライザは慌てた様子で両手を振る。

「わ、わわっ！　ご、ごめんなさい！　まさか、教員とは思わなくて……!?　お若いですね??」

貴女に言われたくありません。

思わずそう言いそうになったが、私は平静を装いつつ首を傾げる。

すると、エライザは先ほどまでの勢いを失って照れ笑いを浮かべ出した。

「あ、えへへへ……遅れましたが、私はドワーフ族のエライザ・ウッドフォードです。アオイさんは、ヒト族ですね。宜しくお願いします。そ、それでは寮長の部屋にご案内します。どうぞ、こちらへ」

頭を何度も下げながら案内を始めたエライザに、ストラスは深く溜め息を吐き、片手をあげる。

「……それじゃあ、また」

「あ、はい。ありがとうございました」

軽く別れを告げ、急に疲弊した様子のストラスを見送る。すると、エライザは興味津々といった様子で私の横に来た。

「あ、あの、アオイさんはもしかして王族の方ですか？」

「いえ、違いますよ。何故でしょう？」

聞き返すと、エライザは驚いた顔をしつつ、説明する。

「公爵家の方が教員になった時も、事前に採用試験の話が出回ってました。それに採用試験の前後は寮ではなく一般の宿泊施設に泊まってもらう場合が多いので……もしかして、アオイさんは凄い経歴の持ち主？」

「経歴は、特にないですね。魔術師として修行に明け暮れていましたが、それだけです」

「えー、本当ですか？　この寮、一般フロアで空いてるのは私の部屋の隣だけですから、中級以上の魔術を教えられるんですよね？　何の魔術ですか？」

「水ですよ」

「わぁ、花形じゃないですか！　生徒からの人気は火か水が一番ですもんね！　良いなぁ。土はなんか地味で……」

と、話好きのドワーフ、エライザに連れられて、私はようやく寮の中に踏み入ったのだった。

◇

「私が寮長のグレノラ・ノヴァスコティアだ。さっき、学長から連絡があった。アオイ・コーノミナトで間違いないな？」

「は、はい……私が、コーノミナト・アオイです」

その迫力に、思わず怯《ひる》んで返事をしてしまった。そんな私を見下ろして、茶髪の大柄な女性は眉根を寄せる。年齢は四十歳ほどだろうか。少しふくよかな体型だが、その迫力から中身は全て筋肉ではないかと錯覚する。

女子プロレスラーと見紛うようなその女性こそ、寮長のグレノラである。グレノラは鋭い目つきで私の体を上から下まで眺めた。

「……なるほどね。それじゃ、うちの寮で余ってる最後の上級教員用の部屋へ案内するよ。付いておいで」

「分かりました」

グレノラの言葉に返事をした直後、横から甲高い声が上がる。

「じょ、上級!?　アオイさん、上級教員なんですか!?　新人なのに!?」

エライザが絶叫すると、グレノラが無言で近付き、拳を頭に落とした。

ゴッという鈍い音がして、エライザが地面に叩《たた》きつけられる。

「煩いよ」

「……は、はぃ……すみませんでした……」

地面にうつ伏せに倒れたまま蚊の鳴くような声で返答するエライザを尻目に、グレノラは塔の中へと入っていく。

慌てて後を追うと、背後でよろよろと立ち上がるエライザの気配を感じた。

あの寮長には決して逆らわないようにしよう。

私は密かにそう決意したのだった。

◇

寮の中を三人で歩きながら、食堂、トイレ、大浴場、書庫といった共用施設を教えてもらい、エレベーターに乗った。

この世界で初のエレベーターだった。元からその存在は知っていたが、地球のエレベーターとはかなり違う乗り心地だ。

滑らかに上昇する為、一瞬無重力になったのかと錯覚する。

学園に入ってから、あまり人を見なかったが、寮内にはちらほら黒い服を着た女性を見かけた。

大体の人が私を物珍しそうに見ている。

「ここだよ」

と、そうこうしている内に私は自分の部屋に辿り着いたらしい。

顔を上げると、冗談みたいに大きな扉があった。白い石壁の中に、金の装飾が入った黒い扉がある。

「わぁ、私、初めて上級職員の方の部屋に入ります！」

何故か一番テンション高く付いてきたエライザが後ろからそんなことを言った。

「開けて良いよ」

グレノラに言われて、私は扉の取っ手を手にした。少し重いが、扉はスムーズに開く。

部屋の中から廊下に向かって光が差し込み、視界は一気に開ける。

「……凄い！」

エライザの歓声に思わず頷いてしまった。

部屋は正面が大きなガラスの壁となっており、美しいフィディック学院の尖塔と青い空が見える。

また、一部屋が広く天井も高い。

中に入って見回すと、その一部屋に出入り口以外で後三箇所戸があることが分かった。

丸いテーブルと一人掛けの椅子の脇を通り過ぎ、入り口に一番近い戸を開けてみた。中は脱衣所らしく、更に奥に洋式トイレとシャワー室があった。

「個人用にもあるんですか？」

そう聞くと、グレノラが首を左右に振り、エライザが両手を上げて大声を出した。

「ありませんよ！　個室にトイレやシャワーがあるのは上級職員だけです！　それに、なんで部屋が他に二つも!?」

「寝室と書斎だよ」

「私の部屋、寝室一つですよ」

グレノラの返答にエライザが泣きそうな顔でそう呟く。

それを鼻で笑い、グレノラは腕を組んだ。

「悔しけりゃ上級になるんだね。もしくは街の宿に寝泊まりしな」

「宿高いです……それに、グレノラさんのご飯美味しいから……」

素直な様子で嘆くエライザに、グレノラの口の端が僅かに上がった。憎めない性格だ。

私はそんな様子を見て、グレノラに向き直る。

「私なら寝室だけでも大丈夫だし、エライザさんの隣の部屋でも良いですよ」

そう告げると、グレノラは私の顔を一瞥《いちべつ》し、踵を返した。

「学長が部屋を割り振るんだ。文句なら学長に言いな。まぁ、部屋をわざわざ一般にするのは、上級にあがりたくて仕方がない職員からすると嫌みかもしれないがね」

それだけ言って、グレノラは部屋から出て行った。

その背を見送り、私はエライザを見る。

「……最後のは、助言ですよね」

「はい、グレノラさんは厳しいけど優しいんです！　ストラスさんも同じです！　あ、私も実は優しいと評判なんですよ！　さぁ、それではこの寮のルールを教えましょう！」

気持ちを切り替えたのか、エライザはまた元気な声でそう言うと、寮のルールについて教えてくれたのだった。

第二章 ― 教員

寮の中を案内してもらいながら説明を受け、一緒に食堂を利用して夕食を共にした。

それだけで、あっという間に夜になってしまい、エライザとはまた明日と言って別れる。

研究室に籠ってしまう魔術師が多いことから教員寮に門限などはないらしい。これ幸いと、私は夜の学院内を散歩してみることにした。

中心に城のような校舎があり、右手側に男性の寮がある。左手側が女性の寮だ。学院の敷地外は街が広がっており、出入り口は東西南北の四箇所にある。ただし、通常は南の城門のみが出入り口として常時開放されている。

ちなみに研究室は北側に集中しているらしい。

夜の学院内は基本的に人が出歩いておらず、店などもないが、いたる所に街灯があり、幻想的な空間となっていた。

空気も澄んでいて、散歩はとても気分が良い。

無数の光に照らし出される尖塔を見上げ、テレビで見たサグラダファミリアはこんな感じだっただろうかなどと思いながら歩いていると、不意に物陰から啜《すす》り泣くような声が聞こえてきた。

まさか幽霊かと思って身を竦《すく》めたが、どうやらそうではないらしい。物陰に視線を向けると、そこには小柄な人影があった。

もこもことした白い髪、黒い服、白い尻尾。

「……尻尾？」

そう呟くと、もこもこの頭がビクンと震えた。人影は恐る恐る振り向き、私を見上げた。

獣人の女の子だ。顔や体は普通の人と同様だが、獣の耳と尻尾が生えている。頭がもこもこして見えたのは、獣耳がへたっていたからだったらしい。

年齢は十四、五歳ほどだろうか。細く小柄で垂れ目気味の目が可愛いらしい。

獣人の少女は涙に頬を濡《ぬ》らしながら、怯《おび》えたような顔で離れようとする。地面に座り込んだまま距離をとろうとする少女に、私は意識して優しく声をかける。

「……どうしたの？」

その言葉に、少女は息を呑んだ。

「私は何もしないから、出てきなさい」

そう告げると、少女は恐々とした様子で光の当たる場所へ出てきた。そして、その姿に私は驚く。

少女のスカートの一部は焼け焦げ、靴は履いていなかった。そして、左足には出来たばかりの傷が幾つも見えた。

少女のその表情には、悲しみと羞恥があった。こちらから視線を逸《そ》らす様子には、見覚えがある。

これは、やはり虐《いじ》めだろうか。

思わず、眉間に皺が寄ってしまう。

「……動かないで」

そう言って、私は少女の足に手を伸ばす。ビクリと震えた気配がしたが、構わず魔術を行使した。

希少な光属性、癒しの魔術。

「癒しの手《キュアケイル》」

そう口にすると、ふんわりと暖かい空気に包まれたような感覚が手の先に現れる。

少女は目を見開いて私を見上げ、すぐに自らの足に視線を戻した。

傷はみるみる間に治っていき、表面に残った血液はパリパリと乾いて固まり、最後は粉になって崩れた。後には綺麗《きれい》な肌の足が残る。

「……よし、治った。靴がないのは……仕方ありません」

そう呟き、私は固まったままだった少女の体を背負った。

「え!?　あ、あの……!」

驚きの声を上げる少女に笑いかけ、私は自らの部屋がある寮へとつま先を向けた。

「靴がないのだから仕方ないでしょう。大人しくしていてね」

言いながら、自分の行動が不審に思われる可能性に気付く。知らない人にいきなり連れて行かれたら怖いだろうか。

そう思ったが、少女は意外にも私の言葉を聞いて大人しくなった。恐る恐るではあるが、私の肩に手を置き、身を預けてくれている。

さて、こんな小柄な子に合う服や靴があっただろうか。私も長身というわけではないが、彼女ほど小柄ではない。

そんなことを考えた時、ちょうど良い人物に思い当たった。

「エライザさんがいたわね」

服と靴を貸してもらおう。人が良さそうなエライザならば、少女に服と靴を貸してくれるだろう。

我ながら名案である。

そうして、私は夜に今日会ったばかりの人物の部屋を訪ねたのだった。

◇

獣人の子を連れて、隠れるようにしながらエライザの部屋を目指す。

途中、危ういところもあったが、二階に上がってからは人にすれ違うことはなくなった。

目的の部屋まで辿り着きドアをノックすると、中から緩んだ声が聞こえて来る。

「ふぁ〜い、誰でしかー？」

そう言って顔を出したエライザは、ヘラヘラと笑みを浮かべており、足取りも定かではない様子だった。明らかに酔っ払いだ。

恐らく生徒であろう獣人の女の子に、教師のそんな姿を見せて良いものだろうか。

いや、今この状況ならば逆に助かるかもしれない。酔っ払っているなら、あまり深く考えずに服を貸してくれるかもしれない。

「……夜にごめんなさい。ちょっと、服を貸してもらえたらと思って」

そう告げると、エライザはぼんやりとした目で私を見て、後ろに隠れる少女に気が付いた。

途端、顔色が変わる。

眉間に皺を寄せたエライザは少女を見ながら部屋のドアを開いた。

「入りなさい」

「あ、は、はい……」

エライザの真剣な声に、少女はびくりと肩を震わせつつ返事をして、部屋の中に入る。

「アオイさんも入って」

雰囲気に押されて、私も素直に従った。

中に入ると、蒸留酒と花の香りがふわりと香った。八畳から十畳の間ほどの部屋に意外と渋い色合いの家具が並んでいる。ランプや小物入れなどは可愛らしいデザインだが、部屋の中央に置かれたテーブルの上には木の器に入った酒とつまみが並んでおり、オッサンなのか乙女なのか分からない様相を呈している。

そのテーブルに一つだけセットとして置かれた小さな椅子に少女を座らせ、エライザは床にそのまま座った。

「……何があったの?」

優しい声音で問いかけると、少女は泣きそうな顔で俯《うつむ》く。

「……アオイさん」

名を呼ばれて、私は少女の様子に気を配りながら少女と出会った状況について説明した。

それを聞き、エライザは辛《つら》そうに少女の顔を見る。

「……高等部のシェンリーさんよね。真面目でしっかり魔術を学んでると聞いていたけど……何があったか、教えてくれない？」

優しく尋ねるエライザに、シェンリーと呼ばれた少女は口をつぐんだまま涙を一筋流した。

答えたくないのか、それとも答えられないのか。

もし、答えられないとしたら……。

私の考えにエライザも思い至ったのか、一瞬険しい顔を見せた。だが、すぐに表情を柔らかくし、シェンリーの頭を撫でる。

「……とりあえず、私の服を貸してあげるからね。ほら、これとかどう？」

気持ちを切り替え、エライザはシェンリーに服を選ばせ、着替えさせた。

シェンリーが着替えている間に、エライザは私の隣に来て小さな声で話をする。

「……アオイさん。私の部屋、シャワーがなくて……でも、教員寮は一般生徒立ち入り禁止だし……だから、良いですか？」

と、エライザは冗談ぶった言い方でそんなことを口にした。しかし、雰囲気は完全には誤魔化せていない。

シェンリーを心から心配している気配が伝わり、私はふっと息を漏らすように笑った。

私の部屋に移動して、シェンリーには改めてシャワーを浴びてきてもらう。

私の部屋に入ってすぐは部屋の広さに目を見開いて驚いていたが、二度三度と部屋を見回してからは落ち着いていた。

やはり、広くて豪華な部屋は見慣れていないのだろう。ちなみにエライザは無言でシャワーを浴びに行くシェンリーの背中を見送った。

「寮で暮らしているみたいだし、今日は私の部屋に泊めて大丈夫？」

「一般生徒は皆二人部屋だけど、シェンリーさんは一人足りなかったから二人部屋を一人で使ってるみたいだし、大丈夫ですよ」

苦笑しながらそう答えた後、エライザはまた表情を暗くした。

「……シェンリーさんは一年早く、高等部に上がりました。実力主義の魔術学院では珍しくないことですが、シェンリーさんが獣人であり、家も子爵家であることが問題だったのでしょう」

「問題……？」

エライザの口にした言葉に、思わず怒りが湧く。人種差別か、それとも選民思想からくるものか。

それは定かではないが、同じ生徒同士で上下関係などない。日本でもあったが、虐めの現場は見るだけでその陰湿さに腹立たしい気分となるものだ。と、私が静かに怒っていることに気がついたのか、エライザは慌てて顔の前で手を振った。

「わ、私が思ってるわけじゃないです！　ただ、どうしても魔術の実力だけでなく、爵位や出身国、生まれなどで序列ができてしまうんです！　わ、私だって、陰ではドワーフのくせにって言われてるんですから！」

「……ドワーフ、獣人が魔術を苦手としているというのは、体内で循環させる魔術を常に使っているからだと研究する人もいます。ただ放出できる魔力が少ないだけということでしょう」

そう告げるが、エライザの表情は諦めにも似たものとなる。

「……そう言ってくれる人も確かにいますが、全体の印象は変わりません」

言い方は静かだが、ぴしゃりと断言されてしまった。恐らく、長い間悩み、考え抜いた問題なのだろう。結果、エライザはもう諦めてしまっている。

「そうですか。でも、せめてこの学院の中だけでもそういった差別はなくすべきと思いますが」

「なかなか難しいと思いますよ」

エライザは私の言葉をそう言って流すと、改めて溜め息を吐く。

「……今の高等部は近年稀に見る環境です。なにせ、六大国の王族が揃ってますからね。当人達にその気があるのかは分かりませんが、自然と派閥が形成されています」

「派閥……」

そこまで話したところで、シャワーから出てきたシェンリーの足音が聞こえ、私達は口を噤《つぐ》んだ。

それから、私達はシェンリーを交えて軽食をとり、出来るだけ気を紛らせられるように雑談をしたところでエライザも退室する。

夜遅くなる頃にはシェンリーもかなり落ち着き、私とも話が出来るようになっていた。

授業のこと、学院の施設や図書館の充実ぶりについてなど、シェンリーは好きなことには良く話をしてくれる。

そんな中で、多少打ち解けたと判断した私は、思いきって一つお願いをしてみる。

「……嫌じゃなかったら、ちょっと耳に触ってみて良い？」

「え!?」

引かれてしまった。

どうやら、初対面で言う台詞ではなかったようだ。ぴこぴこと動く耳が気になって仕方なかったのだが、無理強いは出来ない。私は真摯に謝罪した。しかし、そのおかげでか、シェンリーはより打ち解けてくれたように思う。

そうして何とか元気になったシェンリーは私の部屋に泊まることを了承し、初めての寮での一泊はまさかの生徒と一緒に寝ることとなったのだった。

翌日、私は慣れない部屋と寝床に早めに目が覚め、買い物をしておけば良かったと後悔しながら師匠手製のマジックバッグから材料を取り出す。

ロットウルフの肉と葉野菜、そして塩胡椒《しおこしょう》を取り出して炒めた。後は片面だけ焼いた目玉焼きに塩を振り、香り付けのハーブとバゲットを切って添えれば簡単な朝食の完成である。

手作りジャムも用意しようかと思っていると、シェンリーが起きてきた。

「あ、おはよう、ございます……」

気まずい様子で歩いてくるシェンリーに、私は椅子を勧める。

「おはよう。さ、食べて」

恐縮しながら座ったシェンリーは私に言われるままお肉をフォークで食べて、目を瞬かせた。

「……美味しい」

そう言って他のものにも手を伸ばすシェンリーに微笑み、私も朝食を口にした。

表面を焦げ目が付く程度焼いても柔らかく、噛む度に旨みが口の中で広がる。ぴりりとした胡椒の辛味と風味、そして塩気。少し濃いめだったが、葉野菜と一緒に食べるとちょうど良い感じになる。目玉焼きは卵の甘味が十分に出ていて好対照だ。

「食べたら、一緒に学院に行く?」

そう尋ねると、シェンリーは一瞬考えるようなそぶりを見せたが、やがて首肯したのだった。

◇

「おはよう」

すれ違う生徒に毎回挨拶をしながら学院を目指す。挨拶を返す生徒は半々といったところか。

あまり、良い教育が出来ているとは感じられない。挨拶は基本である。

そんなことを思っていると、隣を歩くシェンリーがこちらを見上げてきた。

「あ、あの……先生は高等部の授業を担当するんですか？」

「今日が初めてだから、まだ分からないかな」

「え？　初めて？」

戸惑うシェンリーに笑いながら、私は城と見紛う校舎に入り、とりあえず学長の下を目指した。

まだ時間はあるとのことなので、シェンリーも同行させる。

校舎の中も区分けされているのか、段々とすれ違う人物が教員ばかりになってきた。一先《ひとま》ず全員に挨拶をしながら廊下を進むが、大半の者は奇異の目を私に向ける。

「失礼します」

ようやく、あの豪華な扉の前に立つことが出来た。私は扉をノックしてから返答を待つ。

「あ、あの、アオイ先生……っ」

不安そうなシェンリーが何故か私の名を呼びながら袖を引っ張ったが、扉の中から返事がしたので、とりあえず扉を開けることにする。

「おぉ、アオイ君か。おはよう」

と、扉を開くなり椅子にゆったりと腰掛けたグレンが片手を上げて挨拶をしてきた。

「おはようございます、学長。とりあえず、今日からさっそく授業の様子を見てみたいと思ったのですが」

「ふむ、そうじゃな。今日は一日学院内の見学でも良かったが、アオイ君が良いというなら……ん？　その子はどうしたんじゃ？」

グレンは私の後ろに隠れるシェンリーに気が付いた。私がシェンリーの背に手を添えて隣に立たせると、グレンは眉を上げる。

「おぉ、シェンリー・ルー・ローゼンスティール。珍しく獣人で飛び級した子じゃな。おはよう。アオイ君と知り合いかの？」

柔和な態度ながら、僅かにグレンの目には複雑な感情の色が浮かんだ。シェンリーはオドオドしながら頭を下げる。

それを横目に、私はグレンに鋭い目を向ける。

「……私が教員となるにあたり、お願いしたいことがあります」

そう告げると、グレンはあからさまに嫌そうな顔をして上半身を仰《の》け反らせた。

「うわぁ……聞きたくないのぉ……。とんでもなく嫌な予感がするのじゃ。そう、あれは若かりし頃、竜討伐でカーヴァン王国の国王に呼び出された時じゃった。一緒に討伐したオーウェンが謁見の間で……」

「まず一つ目です」

「さ、最後まで聞いてもくれんのか……アオイ君は師匠の余計な部分を受け継いでおるぞい。いや、申し訳ない。謝るからそんな顔をせんでくれ。わし、すごい老人じゃよ？　心優しくも気弱な超年寄りじゃて。優しくしておくれ」

私の要望を聞きたくないグレンがガタガタと煩いので、私は腕を組んで睨み上げる。すると、グレンは居住まいを正し、行儀良く話を聞く体勢になった。

それを確認してから、私は組んでいた腕を解く。

「……私は差別を嫌います。種族差別や王族貴族などの階級による差別など、学院には全く不要なものである筈です。生徒は純粋に魔術や力の使い方、知識、生きる術《すべ》などを学び、教師は生徒の良き理解者であり生徒の模範とならねばなりません」

「う、うむ……理想はその通りじゃ」

グレンの同意に頷き返し、私は一歩前に詰め寄った。

「その為にも、差別や虐めを目にした時、誰が相手でも私は叱ります。あまりにも酷い場合は説教ではすまない事もあるでしょう」

「ヒェッ」

私の言葉にグレンは奇怪な悲鳴をあげた。恐らく、了承してもらえたのだろう。

「では、二つ目です」

「お、おぉ……まだ、わしの心は動揺を隠せずにおるのじゃが……」

「他国から多くの生徒が来るこの学院では難しいかもしれませんが、授業参観を開いておきたいです。生徒のご両親に、悪いことをしたら叱ると宣告します」

「oh」

私の言葉に、グレンは頭に片手を当てて天を仰いだ。私は暫く考えてから息を吐き、口を開く。

「とりあえずはそんなものでしょうか」

「いや、十分じゃろ。わしは不安でいっぱいじゃよ」

呆れたように笑うグレンに微笑み返し、私は再度確認する。

「よろしいですね？　だめならば、学院とは無関係に家庭訪問をさせていただきます」

すると、グレンは吹き出すように笑い出し、大きく息を吐いた。

「……そうじゃの。昔はそんな気概がわしにもあったが、最近はとんと面倒事を避けるようになってしまった。アオイ君の実力ならば、良いかもしれんの。よし、アオイ君に学院の気風を正してもらうことにしよう」

グレンはそう言って立ち上がり、こちらに歩いてきた。そして、私の隣に立つシェンリーの前で腰を落とし、小さな肩に片手を載せる。

戸惑うシェンリーに優しげな微笑を浮かべて、口を開いた。

「……直接話をするのは初めてじゃの。わしが学長のグレン・モルトじゃ」

「は、はい！　ぞ、存じています。あ、お話しできて光栄、です……」

緊張するシェンリーの様子に、グレンは悲しげに眉根を寄せ、頭を下げた。その様子に目を白黒させるシェンリーだったが、次にグレンの口から出た言葉を聞いて、固まった。

「申し訳なかった……わしも、一部教員から虐めの話は聞いておった。だが……虐めを行う側の生徒達の家柄を考えて、手を出せずにいたんじゃ」

その謝罪は真摯であり、後悔の念に溢《あふ》れたものだった。シェンリーはその言葉に胸を打たれたのか、涙を溢れさせて深く頭を下げる。

「そんな……学長が私のことを知ってくれただけで、私のことに対してそんなことを言ってくれただけで、私は……」

言葉にならず、しゃくり上げるシェンリー。グレンは悲しげな表情で顔を上げて、浅く頷いた。

私はそんな二人を見てから、グレンに告げる。

「悪かったで終わりですか？　それだと学長は有罪のままですが……」

「有罪!?」

私の言葉にグレンは悲鳴のような声をあげて飛び上がった。シェンリーも涙を流しながら驚いた顔をしている。

「わ、わしは有罪なのかの……？」

不安そうなグレンにしっかりと頷き返し、私はシェンリーの肩を抱く。

「申し訳ありませんが、虐めを知っていて放置していたならば同罪です。それでシェンリーに謝ったから赦しを得たなどと思われては困ります。良い大人なのですから、次から同様の状況にならないよう、どう改善していくかを明言しなくてはなりません。それが本当の意味での誠意です」

「oh……」

意気消沈、グレンはがっくりと肩を落とした。

「そういうことで、私がやり過ぎても学長は裏切らないで下さいね」

「わ、分かったぞい……本当、アオイ君は師匠の余計な部分をたっぷり受け継いでおるのう……」

グレンが苦笑しながらそう言うのを見て、私は口の端を上げて笑ったのだった。

◇

グレンに紹介された教員の後に続き、私は高等部の授業を見学にきた。

授業は高等部中級の火の魔術だ。

火の魔術を担当する教員のフェイマス・グラウスは、学院内でも貴族主義に寄った考え方の教員らしい。短い金髪の上品な雰囲気を纏《まと》う四十歳ほどの男性だが、そう言われると貴族然とした見た目や態度に見えてしまう。

最初にこの教員に同行させることは、もしかしたらグレンからの挑戦とみて良いのかもしれない。

貴族優位の世界とそれから脱却出来ない学院の姿を最初に肌で感じさせようということか。

そんなことを思っていると、教室に先に入ったフェイマスが一言二言何か話し、私の方を一瞥してから口を開いた。

「では、今日は特別にもう一人教員が来ているので紹介しよう。なんと、今日初めて教員となった、といういうのに、上級教員となったアオイ・コーノミナト氏だ。皆、注目」

フェイマスは随分と含みのある言い方で私を紹介した。それに溜め息を吐き、教室へと足を踏み入れる。

これまでは木と石、布の匂いばかりだったが、教室は香木やハーブに似た匂いなどが混ざり合った複雑な香りが充満していた。

教壇まで移動し、フェイマスの隣に立って横を向くと、階段状になった教室と、席を埋める生徒達の姿が目に入る。

二十人ほどだろうか。殆どが貴族ということもあり、男女ともに落ち着いた様子を見せていた。

その生徒の顔を順番に見ていきながら、私は口を開く。

「……本日から教員として教えることになったアオイ・コーノミナトです。得意な魔術は水です。気軽に声をかけてください」

初日である。無難な挨拶をして様子を見ようと思ったのだが、何を思ったのか、フェイマスが私に手のひらを向けて、こう言った。

「名誉あるフィディック学院において、非常に稀な最初から上級教員という立場のコーノミナト氏だが、なんと平民の出である。きっと、血の滲《にじ》むような努力の末に今の地位を獲得したのだろう。

皆、拍手を！」

敵意を隠す気もない補足説明に、生徒達からは疎《まば》らな拍手が送られた。ただ一人盛大に拍手するフェイマスに、最上段にいる生徒の一人が口を開く。

小柄だが、太々《ふてぶて》しい雰囲気の金髪の少年だ。見た目は童顔だが、高等部なのだから十五歳前後だろう。

少年は私の顔を一瞬値踏みするように見て、フェイマスに向き直った。

「……何かの間違いでは？　上級教員とは学院の学年主任や各魔術の最も優秀な教員の方のみが選ばれる特別なものの筈です。まさか、平民出の教員が就くことは出来ないと思いますが」

嘲り笑うような声で、少年は言う。すると、予期していたのか、フェイマスは大仰に肩を竦めて顔を左右に振った。

「確かに、優秀な魔術師を輩出してきた上級貴族の者の中から最も優秀な魔術師に贈られるのが上級教員だ」

そこで言葉を切ると、生徒の半数ほどが大きく頷く。それに口の端を上げてから、フェイマスは私を見た。

「つまり、彼女は優秀な上級貴族を押し退けて上級教員になれるほどの実力の持ち主ということだ。素晴らしい！　私は是非ともその力を見たいと思うが、皆はどうだろうか？」

フェイマスがそう言うと、生徒達の何人かが面白そうに手を叩き、歓声を上げる。

国の内外から才能を血族に取り入れてきた貴族は、確かに魔術の才能豊かな者が多い。逆に代々で平民だった家は魔術の才能豊かな者はあまり輩出されない。

それは貴族の選民思想と無駄な尊厳を増長させることに繋《つな》がったのだろう。

故に、平民出で要職に就く私という存在が面白いわけもなく、人によっては能力を詐称していると疑う者もいるかもしれない。

私は深く溜め息を吐き、顔を上げた。

「まず、言っておくべきことがあります。私は、学院において貴族だの王族だのといった肩書きは不要と考えています。もちろん、人種の違いで上下を作ることも嫌います」

騒つく教室を見回し、私は声を張る。

「なので、そういった理由から不当な扱いを行う者は、平等に叱るつもりです」

最初に重要な方針を告げてみた。途端、先程の金髪の少年が露骨に舌打ちをし、フェイマスを見る。

「……勘違い女が何か言ってますが、フェイマス先生はどうお考えですか」

苛々《いらいら》した様子でそう告げる彼を反抗期の子供みたいだと思っていると、隣に立つ中年男性も多少苛々した様子で引き攣った笑みを浮かべていた。

「……バレル君。いくら事実だとしても相手は教師です。そのような言い方は品位を疑われてしまうでしょう。ただ、コーノミナト氏には、私からきちんと立場というものを教えておきましょう」

顔は笑っているが、目は怒りの炎を宿している。

私は真顔でフェイマスを見て、尋ねた。

「立場とは、一般教員であるフェイマスさんと私の、ですか？」

そう聞いた瞬間、フェイマスの顔からは感情が消えた。

腰から杖を取り出し、先を私の顔に突き付けて魔術の詠唱を開始する。

火の魔術だ。それも攻撃用である。

「学院の中で、生徒の前で、更に同じ教員相手に攻撃用の魔術……普通の学院なら解雇されても文句は言えませんよ。行動封印《フリーズ》」

フェイマスの詠唱が終わる寸前で、私は自分の魔術を行使した。

直後、フェイマスは見えないロープで簀《す》巻《ま》きにされたように拘束された。頭の先から足の先まで真っ直ぐに固定され、まるで一本の棒のような恰好になったフェイマスは、驚愕の目を私に向ける。

固まったままのフェイマスを横目に、私は生徒達に向き直った。バレルも目を見開いて驚愕の顔をしているが、こちらに向かってくるようなことはない。ほかの生徒達は何が起きたのか分からないといった様子で顔を見合わせたり、私に対して敵意を含んだ視線を向けたりしている。

それを真っ直ぐに見返し、口を開いた。

「魔術の実力で全ての評価が決まるわけではありません。肩書きも魔術師としての能力も比べずに、生徒同士で協力してより立派な魔術師を目指してください。勿論、教員同士も肩書きや立場などなく、真摯に皆さんの勉強を助けます。相談があれば是非教員を頼ってください。一人で悩むよりも良い結果に辿り着ける筈です」

しんと静まり返る教室に私の声が響いた。

生徒達はどう反応して良いか分からない様子だったが、一先ず私の言いたいことは伝わったと思う。

「封印解除《リリース》」

魔術を解除すると、フェイマスの拘束が解かれた。

「ぐっ!?　い、いま、何を……！」

戸惑いつつ杖の先をこちらに向けてくるフェイマスを油断なく睨みながら、口を開く。

「では、火の魔術の授業をお願いします。誰が聞いても分かりやすい授業をしてくれるのだと期待していますから。当たり前ですが、ついていけない生徒が出た場合は教員の実力不足ですよ」

階級や種族による偏見、差別をなくす為にもフェイマスに念押しをしておいた。

だが、フェイマスは舌打ちを返して私から視線を外す。

「……ここは世界最高峰の魔術学院、フィディック学院だ。私の授業についてこれないような者はそもそも相応《ふさわ》しくない」

それだけ言って、フェイマスは魔術の講義を始めた。

どんな授業をするのかと思ったが、比較的分かりやすい授業だった。

いや、中級の火の魔術と言いながら初歩から教えているからだろうか。私の言葉をしっかり聞いてくれたのかもしれない。

私はフェイマスの後ろで腕を組んで一人頷いたのだった。

◇

上級教員候補と呼ばれるフェイマスが新人に言い負かされた。

そんな噂《うわさ》は瞬く間に広がり、何故かエライザが私の下に走ってきた。

「あ、あ、アオイさん!?　なんか、初日から凄いことしませんでした!?」

悲鳴のような声をあげて、エライザが飛び付いてくる。小柄で童顔のエライザが涙目で抱きついてくると保護欲をくすぐられる。

「な、なんで頭を撫でるんですか!?」

「思わず」

「もうっ！」

怒るエライザも可愛いのでもう一回だけ撫でておく。すると、エライザは頬を膨らませて距離をとった。

「遊ばないでください！　それどころじゃないんですよ!?」

怒《いか》れるエライザは両手を振り回しながら説明を始める。

「フェイマス先生はあのカーヴァン王国にあるグラウス伯爵家の出で、もうすぐ上級教員になると言われています！　なのにそんなボコボコにして！」

「ボコボコにはしてないけれど……」

「……アオイ先生！　ちょっといいですか!?」

と、エライザは一切聞く耳を持たず話し始めた。

エライザいわく、この学院は六大国の擬似的な代理戦争の場であるという。上級教員や特級の授業を修了した生徒が現れたら、その出身国の名声を高めることになる。

学院内の動向は常に六大国が注視しており、貴族の教員や生徒は緊張感を持って学院内での発言力を高めようとしているらしい。

フェイマスは学院内での地位を高めてきていた為、出身国であるカーヴァン王国内でのグラウス伯爵家の評価もかなり高まっていた。

だが、そのフェイマスを私は馬鹿にした、ということらしい。

根本的な問題として、教育現場をそんな風にしないで欲しいところだが、更にそんな馬鹿馬鹿しい権力争いに巻き込まないでもらいたい。

「……馬鹿にはしていません。むしろ、私が馬鹿にされた側です」

「あー……想像は容易につきますね……」

私の言葉にエライザは悲しげな顔をした。しかし、すぐに元に戻る。

「でも、まともに戦ったらダメです！　貴族の、特に上級貴族の家の方は手段を選ばない人もいます。下手をしたら殺されてしまうかもしれません！」

「……分かりました。気をつけますね」

そう言いつつ、エライザもその上級貴族の一人だった気がすると思い、苦笑した。

それから、エライザを宥《なだ》めつつ食堂に案内してもらい、少し早めの昼食を二人でとる。料理は美味しく、豪華なものだった。教員は無料ということで、私は遠慮なく食事を楽しんだ。


午後は風の魔術の授業に同行出来ることになった。

迎えにきたのは、なんとストラスである。

「……宜しく」

「宜しくお願いします」

どこかぎこちない挨拶をしつつ、ストラスに付いて校舎の外へと向かう。

辿り着いたのは校舎裏側にある広い闘技場のような場所だった。広さは一周四百メートルの陸上トラックほどだろうか。周囲は高さ三メートルほどの壁で囲まれている。

すでに生徒は五十人か六十人ほど集まっており、並んで立っていた。

「……出席者を確認する」

そう言って生徒の名前を名簿でチェックしていくストラス。授業開始の挨拶も私の紹介もなかったが、待っていて良いのだろうか。

しゃがみ込み、赤茶けた土の地面を手のひらで触って感触を確かめていると、全員の名前を確認したストラスがこちらを見た。

「……それでは、これから初級及び中級の風の魔術の授業を行うが、その前に、挨拶を頼む」

「え？」

唐突に話を振られて思わず生返事が口から出た。私は手のひらに付いた土をはたいて落としながら立ち上がる。

「……本日より教員となりました。アオイ・コーノミナトです。宜しくお願いします。魔術について質問があったら、なんでも聞いてください」

そう自己紹介して一礼すると、生徒達からは疎らに拍手が返ってきた。

それを確認して、ストラスは満足そうに頷く。

「では、授業を始める。一列になり、こちら側に向かって風の魔術の基本である柔らかな風の手《ウィンドタッチ》を発動せよ」

気を取り直して授業を開始したストラスに、生徒達は慌てて言われた通りにする。

生徒達は詠唱を始め、手を顔の高さに上げた。

早い者はすぐに魔術の行使、発動していく。上手い者は体を押されるほどの強い風を吹かせることができている。逆に苦手な者はそよ風より僅かに強い程度。

レベル差のあるメンバーだが、ストラスはどう教えていくのか。

興味を持って眺めていると、ストラスは生徒の立つ場所を一人一人入れ替えていく。

風の魔術の得意な者と苦手な者が交互に立つように並び、また風の魔術を行使する。すると、全体的に風の強さが増した。

その様子を確認しながら、ストラスは口を開く。

「風は束ねて強くなる。魔力の風は、見えずとも自分の感覚で形や動き、強さが感じられる筈だ。今、近くに立つ者の作り出した風に引かれ、普段とは違う感覚があると思う。その感覚を忘れないように」

言ってから、ストラスは皆と同じ風の魔術を行使した。

風は突風さながらの勢いで力強く吹き荒れる。

「風は捉えようのないモノに思えるかもしれないが、俺は水に近いものと考えている。強く鋭い風を求めるなら、最初に広く放出した風を、手のひらの先で一気に絞るような操作を行えば良い」

そう言って、ストラスは風を徐々に絞り込み、圧力を高めていく。

その勢いが一定のレベルを超えた瞬間、赤い土に鋭い風の刃が走った。まるでドラゴンが爪で地面を抉《えぐ》ったかのような爪痕が残る。

生徒達からは感嘆の声が漏れ、何人かは成る程と頷いた。

とても分かりやすい授業である。これならば、皆が中級魔術までしっかり覚えることが出来そうだ。

そんなことを思って微笑んでいると、ストラスがこちらを見ていた。

「アオイ先生。何か助言などはないか」

と、またも唐突に振られて、私は戸惑いながらも水の魔術を行使する。

「濃霧《ミスト》」

呟き、生徒達の前に濃い霧を発生させた。

突然の出来事に驚く生徒達とストラスを眺めつつ、口を開く。

「霧を風に巻き込むことで可視化することが出来ます。この状況で一人一人順番に魔術を使い、使い方を学びましょう」

そう告げると、ストラスは顎に指を当てて唸った。

「……なるほど。確かにこれなら教員も教えやすいな。それに、もっと複雑な魔術も理解がしやすくなる」

言いながら、濃霧に向かってストラスも魔術を放つ。

渦を巻き上げて斜め上に飛翔していく風の魔術に、生徒達は驚きの声を上げた。

凄い凄いと素直に驚く生徒達は、不意に私の存在に思い至る。

「アオイ先生の風の魔術も見てみたい」

誰かがそう言い、皆の視線がこちらに向いた。止めるかと思ったら、ストラスまで興味深そうに見ている。

仕方ない。このままでは収まらないだろうから、生徒達の勉強がてら面白い魔術を披露しよう。

「……では、皆さん。初級から段階をつけていくので良く見ていてください……変化する竜巻《ウィンドトーカー》」

濃霧の中心に向けて風の魔術を発動させる。風は中心に向かって引き込まれるように巻き上がり、徐々に上昇していく。

「風を集めて質量を大きくしていきます。勢いは全て巻き込む力にして、上に逃げる力は最小限に抑えてください」

そう言っている内に、濃霧を巻き込んだ風は風のドームとなり、轟々《ごうごう》と音を立てて力を蓄えていった。

生徒達が息を呑んで後退《あとずさ》りする中、私は片手を上げる。

「この風の向かう先は自由に選べます。なので、今回は上に向かって放ちましょう」

そう言って解放した瞬間、風のドームは轟音を立てて竜巻となった。

荒れ狂う竜巻は天を貫く勢いで聳え立ち、生徒達の表情はもはや呆然となったのだった。

第三章　新任教師の噂

突如巻き起こった竜巻は新任の上級教員の起こした魔術らしい。

そんな噂が広まっているとは知らず、私は初日が思いの外上手くいったと喜んでいた。

「アオイさん、嬉しそうですね」

「自画自賛ですが、初日にしては上手く出来た気がします」

そう口にして微笑むと、釣られるようにエライザが笑った。

「そうですね。ストラスさんも凄く上手だったと言ってました。火、風ときたら水と土……もしかしたら明日は私の授業に来るかもですね」

嬉しそうにそう言うエライザに、私は頷いてミンチ状になった肉入りのパスタを食べる。見た目は茶色でヘビーな雰囲気なのに、意外にもあっさりとしていて美味しい。サラダとパンも中々良い味だ。

私はエライザと談笑しながら寮の食事を満喫した。


朝の日が窓から差し込み、私は柔らかいベッドで寝返りを打ち、徐々に覚醒していく頭を意識しながら周りを見た。

高級ホテルと見紛う部屋の内装。窓からは世界遺産のような洋城や尖塔の並ぶ景色が見える。

どこか現実離れした光景を眺めながら、上半身を起こした。

昨日は自分でも気付かない内に緊張していたのか、驚くほど熟睡できた。

就寝用の薄着のまま水をコップ一杯飲み、顔を洗って着替える。肌触りの良いアンダーウェアとぴしりとした制服に着替えると、気持ちも引き締まる気がする。

食堂に行くと、すでにエライザが待っていた。

「おはようございます！」

「おはようございます」

挨拶を交わし、二人で朝食をとる。パンと野菜のスープに何故かミートパイも付いてきたが、朝でもぺろりといける美味しさだった。

二人で学院に行くと、入り口でフェイマスが待っていた。

「……おはよう。学長より伝言だ。コーノミナト氏は午前はオード氏の中級の水の魔術の授業を見学してもらいたい。午後はそのウッドフォード氏の土の魔術だ。それでは」

そう言って、フェイマスは去っていく。

「……教室はどこか分からなかったんだけど」

嫌がらせだろうか。

そう思って呟くと、隣にいるエライザが慌てて奥を指さした。

「中級の水の魔術はこのフロアの奥ですよ！　右側の通路を真っ直ぐ突き当たりです。あ、お昼は校内の食堂にしましょう。待ってますから！　それじゃあ、また！」

と、エライザが補足説明をして走り去る。

あっという間に一人になってしまった。今時間を確認する手段がないが、もしかしたら遅刻寸前なのではないか。

よく見たら、フロアには誰もいない。

「……右側の通路、突き当たり」

私はエライザに言われたことを復唱して、早足で目的の場所へと向かった。

だが、校内は広すぎた。廊下の奥に行くだけなのにかなり遠い。

結果、授業開始の低い鐘の音が鳴り響く中、教室の扉を開けることとなった。

「申し訳ありません。遅れました」

謝罪の言葉とともに中に入ると、生徒達と教員の目がこちらに向いた。

教壇に立っていたのは、学院初日に会ったあの青い髪の美青年である。

「……君か。私はスペイサイド・オード。この授業を受け持つ教員です」

それだけ言ってから一旦口を閉じ、スペイサイドは眉間に皺を寄せたまま再度口を開いた。

「……昨日、校舎裏に突如発生した竜巻。おそらく暴風の矛《エアリアルゲイズ》と呼ばれる特級魔術でしょうが、あれは君の魔術で間違いありませんか？」

スペイサイドがそう口にすると、生徒達がざわついた。

私は首を左右に振り、否定する。

「あれは中級魔術を改造したオリジナル魔術です。特級ではありません」

そう答えると、スペイサイドは目を僅かに見開き、生徒達は顔を見合わせた。

そして、生徒の中の一人が口を開く。

「高等部三年のコート・ヘッジ・バトラーです。オリジナル魔術というだけでも大変高度な技量をお持ちかと思われますが、中級魔術を特級相当まで引き上げたというのは信じ難い話です。是非、ご解説していただきたいのですが」

生徒は柔和な雰囲気でそう言ったのだが、不思議と誰もが静かにその生徒の言葉を聞き、黙ってしまった。

ピンクにも近い朱色の髪の少年だ。年は十六、七歳ほどだろうか。背は高くなく細身だが、頼りない雰囲気はない。

コートの言葉に頷き、私は手のひらを上に向けた。

「今は水の魔術の授業でしたね。では、水の魔術を……」

そう言って、グレン達にも見せたオリジナル魔術を披露した。

それを見せると教室は騒然となり、スペイサイドも険しい顔でこちらを見ていた。

一方、コートは興味深そうに頷いている。

「……素晴らしい」

コートの言葉が不思議とよく聞こえた。

それからスペイサイドが仕切り直し、ようやく授業の開始となった。

シンプルでありながら要点を摑《つか》んだ良い授業だ。やはり所々回りくどいところはあるが、これならば全員理解出来ないということはないだろう。

最後まで見学に徹していると、スペイサイドはつつがなく授業を終了した。

なるほど、こんな感じで皆授業をしているのか。

そんなことを思いながら教室を後にしようとすると、あのコートという生徒が隣に歩いてきた。

「アオイ先生。これから昼食ですか？」

「はい。食堂でエライザさんと一緒に食べる予定にしています」

答えると、コートは優しげな微笑を浮かべて頷く。

「良かったら、僕もご一緒してよろしいですか？　ぜひ、魔術のことについて教えてもらいたいと思いまして」

そう言われて、私も流石に断れないと思い、承諾した。


「え!?　コート君!?」

食堂でのエライザの第一声に、コートは困ったように笑う。

「ど、どうしたのかな？　もしや、アオイさんがまた何か……」

「何もしていません」

心外だ。そう言わんばかりに返事をすると、コートが苦笑する。

「まだ新人の先生が特級魔術相当のオリジナル魔術なんて披露しておいて、何もしていないなんてことはないでしょう」

笑いながら言われた内容に、エライザは自らの頭に手を置いた。

「……アオイさん、噂になってましたよ。オリジナル魔術なんて、何年も研究して一つ完成させたら良いくらいなんですからね？　なんて目立つことを……」

「目立つとは思わなくて」

「目立つに決まってるじゃないですか……もうやっちゃったことは仕方ないですから、これ以上は目立たないように過ごしましょうね？」

「分かりました」

そう返事をすると、エライザはホッと息を吐き、頷いた。

「良かったです。では、お食事にしましょう」

安心したのか、エライザはニコニコしながらそう言った。

食事が始まり、私は目の前に並ぶ料理を楽しむ。今回はカツレツとサラダ、オニオンスープとパンだった。

この学院では美味しい料理ばかりが出てくるのでとても嬉しい。

そんなことを思っていると、エライザがなんとも言えない顔でこちらを見てきた。

「……アオイさん、周りの視線は気になりませんか？　私はもう今すぐ逃げ出したいくらいですが」

言いつつもしっかりパンを齧《かじ》っているエライザから視線を外し、周りを見る。

幾つも天窓のある天井の高い食堂で広さも相俟《あいま》って開放感がある。だが、今は圧迫感の方が強い状況となっていた。

何故なら、食堂で席についてからずっと周りから視線を向けられていたからだ。ちなみにその殆どは女性の視線である。

「気になるけど、気にしません」

そう答えて、恐らく原因と思われる人物に目を向ける。すると、私の視線を受けたコートが困ったように笑った。

「すみません。普段は、個室で食べてますから、珍しがられてるのでしょう」

コートが冗談交じりに言うと、エライザが頬を引き攣らせる。

「コート君が女子生徒から大人気だからだと思いますー……」

と、エライザは乾いた笑い声と共に呟く。

後から聞いた話だが、コート・ヘッジ・バトラーは六大国の一つであるコート・ハイランド連邦国の大貴族の嫡男だった。そして、成績も運動もトップクラスであり、大貴族の子の中では断トツで人当たりが良いらしい。

そういうわけで、貴族の子女が多くいるこの学院では最優良物件として知られているのだ。

そんなコートが他人と食堂で食事をしている光景は極めて稀な事であり、女子生徒の間では大事件として知られることとなった。

結局移動するのも癪なので、昼食は女子生徒の嫉妬と怒りの視線を全身に浴びながら食事を楽しんだ。

エライザはガタガタ震えていたが、コートは私の様子を面白そうに見ていた。ちなみに魔術についての話はそこそこに、半分はコートの他愛ない雑談と質問で終わった。

「昼からは土の魔術の授業と聞きましたが」

食事も終わり、そう言って立ち上がると、エライザが胸を張ってこちらを見る。

「私もさっき聞きました！　なんと私の授業ですよ!?　嬉しいですね！」

と、テンション高く両手を突き上げた。その姿を微笑ましい気持ちで見ていると、コートが残念そうに溜め息を吐く。

「……僕は昼からは違う授業ですね。残念です。次回の授業では是非ご一緒に。それでは、また」

そう言って、コートは去っていった。まるで舞踏会か何かのようだったが、ここは学校である。

「変わった子ですね」

笑いながらそう言うと、エライザは疲れた表情で首を左右に振った。

「コート君にそんな感想を持った人を初めて見ました」

エライザは呆れた顔で笑い、そう言った。

◇

二人で教室に行くと、見知った顔を見つけた。

白い髪、白い尻尾の可愛らしい少女、シェンリーだ。シェンリーはこちらに気がつくと、頭の上の耳をピコンと立てて目を輝かせた。無言でこちらを見ているが、尻尾はぱたぱたと左右に振られている。

「こんにちはー！　それでは、名前を確認しますねー！」

と、エライザは生徒達に笑いかけながらそう言って、名前を一人一人確認していく。

シェンリーも大きな声で返事をしていた。

授業が始まると、エライザは簡単な土の魔術から始めて徐々に難しくしていき、最後に中級の魔術を見せた。

「このように、初級から中級に上がるにつれて土は多様性を増していきます。形作るだけだった魔術も、大きさや硬さ、性質の変化など、効果も使い方も全く違うものとなるのです」

そんな説明をしながら、エライザはシェンリーを見る。

「では、シェンリーさん。土の魔術で壁を作るとどうなりますか」

「は、はい！　初級だと腰ほどまでの高さで、厚みも拳大ほどですが、中級だと身長を超える高さの壁が作れます。上級になると三メートルを超える壁も作れると聞いています」

急に当てられたシェンリーが慌てつつもしっかりとした回答をしてみせた。それにエライザは微笑み、頷く。

「はい、その通りです。また、魔力や熟練度によって高さや厚さは変わります。硬度もですね。ただただ硬くしようと思ったら、初級と中級はあまり変わりませんが、上級や特級は全く違うものとなります。特級の魔術師が砂上の壁《サンドウォール》を作ったら城壁のような壁が作れます」

エライザがそう言うと、生徒達は感嘆の声をあげた。

「土の魔術は地味と言われることもありますが、多様性に富んだ凄い魔術です。初級よりも中級、中級よりも上級と向上心を持って取り組みましょう」

エライザの言葉に良い返事がくる。

と、嬉しそうにこちらを見ていたシェンリーの後ろから、目つきの悪い男子生徒の話し声が聞こえてきた。隣に座る金髪の大柄の男と話をしているらしい。

授業中とは思えない声量で話して笑う二人に、シェンリーの表情がくもる。

流石に授業の邪魔と判断したのか、エライザが口を開いた。

「えっと、ロックス君、フェルター君。ちょっと静かにしてもらって良いかな?」

優しく注意するエライザに、周りの生徒の表情が変わる。

一方、注意された二人は気にもしていない。

「……ちょっと二人とも声が大きいですよー」

控えめに注意するエライザに、二人はようやくこちらを向いた。

「……俺に言ってるのか？」

「ほかにおらんだろう」

赤い髪の男が自分を指さしながら尋ねると、隣に座る大柄な男が鼻を鳴らして答える。

すると、赤い髪の男は自らの髪をガリガリと掻《か》きながら立ち上がった。

「中等部じゃないんでね。だらだら初歩から始められると時間の無駄になる。それなら、その間は雑談してても構わないだろう？」

滅茶苦茶な理論だが、本人はいたって真面目そうにそう言った。対してエライザは困ったような顔をしつつも、諭すように意見を言う。

「確かにロックス君はもう土の魔術も中級上位まで理解して使えるかもしれないけど、皆がそうではないんです。まだ中級の授業を初めて受ける人もいますから、授業の邪魔はしないようにしてくださいね」

笑顔でそう言った直後、ロックスと呼ばれた真っ赤な髪の男は舌打ちをして机を叩いた。大きな音が響き渡り、何人かの生徒は思わず首を竦めるほど驚いている。

「ならば生徒を分けるが良い。新人だか何だか知らんが、教師が二人いるではないか。初級の土の魔術くらいは出来るのだろう、女」

と、ロックスは私を見下ろしてそう言った。どうやら、授業のやり方に不満があるらしい。

しかし、だからといって教師を馬鹿にしてはいけない。

私は半笑いのロックスの目を見返して、口を開いた。

「新人のアオイ・コーノミナトです。確かに、私は新人ですが、学院に認められて教師としてここに立っています。それは理解出来ますか？」

そう確認すると、ロックスは一瞬目を丸くし、すぐに不機嫌そうに眉根を寄せた。

「……舐《な》めているのか、貴様。逆に尋ねるが、立場を理解して話をしてるんだろうな？　俺は誰だ、言ってみろ」

ロックスが睨みつけながら聞いてくるので、頷き返す。

「初等部以下の子供の考えを振りかざす、態度の悪い生徒。名前はロックス。違った？」

そう言った瞬間、ロックスは机の上に飛び乗って天板を蹴り、こちらに向かって飛びかかってきた。

「ぶち殺すぞ、女ぁっ！」

そんな叫び声をあげて向かってきたロックスを横に歩いて躱《かわ》し、私は口を開く。

「行動封印《フリーズ》」

振り向くとこちらに向かって殴り掛かろうとするロックスの姿が目に入った。だが、すでに魔術を発動していた為、ロックスは棒のように真っ直ぐになり、地面に倒れた。

「っ!?」

声にならない声を上げて地面に転がるロックスの姿に、教室は騒然となり、フェルターと呼ばれた大柄な生徒も驚愕の表情となる。

「さて、古典的ですが、悪戯《いたずら》の過ぎる生徒には罰を与えます」

そう言ってロックスの腰に巻かれたベルトを持つと、重心の移動で持ち上げる。

荷物のようになったロックスを教室の外に運び出し、壁に立てかけて無理矢理立たせた。

下手な看板みたいになったが、まぁ良いだろう。

「では、今日は授業が終わるまでこのままです」

そう言ってから教室に戻ると、皆が戸惑いを隠せずにいた。シェンリーもハラハラした顔をしている。

「……かわいそうかもしれませんが、あのままではロックス君は不良になってしまいます。少し厳しいくらいの罰が必要なのです。分かりましたね？」

そう言ってみたが、返ってきたのはエライザの泣きそうな顔と声だけだった。

「……目立ってますぅ……尋常じゃなく目立ってますぅ……っ」

◇

ロックスを追い出したお陰で授業は無事に終了した。

まぁ、お通夜のような静けさの中、半泣きのエライザの声が響いていたので全く問題がなかったとはいえないかもしれないが。

「封印解除《リリース》」

魔術を解除すると、廊下の壁にたてかけられていたロックスが尻餅をついた。

「ぐ……!?　い、一体な、なにが……」

ロックスが地面に座り込んだままそう呟くと、フェルターが歩いてきて口を開いた。

「舐めたことを言った生徒が新人の教師にお仕置きされただけだ」

フェルターがこちらを一瞥しながら低い声でそう告げると、ロックスはハッとした顔になり、私を見る。

「き、貴様……！　こんなことをして……！」

またも激昂して何か言いたそうにするロックスの顔の前に手のひらを出し、黙らせた。

ぐっと顎を引いて押し黙ったのを確認して、口を開く。

「学校という場所に地位を持ってきてはいけません。この学院内では先生は先生。生徒は生徒という立場以外には何も介在する余地がないのです」

「……この学院に、我が王家がどれだけ出資していると……」

目を血走らせて低い声を出すロックスに、私は口の端を上げた。

「自分が働いて出したならともかく、親の金で偉そうにして恥ずかしくないですか？　それとも、それが貴方の誇り？」

挑発するようにそう聞くと、ロックスは今にも嚙《か》み付かんばかりの表情を見せたが、なんとか踏みとどまった。

「……覚えていろ。どんな理由であれ、この俺を馬鹿にしたことは忘れんぞ」

そう言って踵を返したロックス。何故かエライザが顔面蒼白になる。

歩き去ろうとしたロックスだったが、フェルターが付いてこないことに気が付き立ち止まった。

「どうした」

不機嫌そうにそう言ったロックスに、フェルターは片手を振って応える。

「ちょっとこの教師と話がある」

その言葉にロックスは不審げな顔をしたが、すぐにこちらの視線に気が付いて鼻を鳴らし、歩き去る。

ロックスがいなくなったのを確認して、フェルターは私を見下ろした。

背の大きな少年だ。いや、もう少年には見えない。服を下から押し上げるように分厚い筋肉で覆われた体軀《たいく》。そして、ライオンのたてがみのように逆立てた金色の髪と尻尾。

「……尻尾？　フェルター君は獣人？」

「……悪いか」

私の言葉に、フェルターはぎろりと音が鳴りそうな目つきで睨んできた。

それに微笑み、首を左右に振る。

「悪くはありません。ただ、ちょっとしゃがんでもらえると嬉しいですが」

そう答えると、フェルターは戸惑いながらも腰を屈《かが》めた。

「では、失礼して」

思わず満面の笑みを浮かべて、フェルターの頭に両手を乗せる。

「ぬぁ……っ」

驚きの声を上げるフェルターの声を黙殺し、私は頭をわさわさと撫で回す。すると、すぐに目的のものが姿を現した。

三角だが先が丸く、厚みのある耳だ。毛がふさふさで触り心地が良さそうである。

「おぉ、思いの外可愛らしい耳が！　触っても？」

「だ、駄目に決まっている！」

怒鳴り声をあげて拒否すると、可愛い耳は後ろ回りに転がって離れてしまった。

「あぁ……」

「残念そうにするな！」

フェルターは髪を逆立てて警戒心を露《あら》わにしており、それにエライザが慌てる。

「す、すみません！　アオイさんはちょっと天然で……！」

と、失礼なフォローを入れる。思わず手が出てしまったが、やはり初対面で頭を撫でまわすのは失礼だったか。今度は先にお願いしてから撫で回すことにしよう。

そんなことを思っていると、フェルターは怒りとも焦りともとれる複雑な顔でこちらを見た。

「……理解し難い女だ。だが……」

そう口にしてから、臨戦態勢にあったフェルターが姿勢を通常の状態に戻した。そして、軽く息を吐いてから私を見る。

「……その足運びや、体の正面を敵に向けない立ち振る舞い。魔術だけではなく、近接格闘も出来ると見た。何を使う？」

「剣です」

私が答えると、フェルターは嬉しそうに笑った。

「……この学院に来てまともに近接戦をこなす者はいなかった。肉体強化の得意な者も距離をとって魔術を使うような戦い方ばかりだ」

そう呟いて拳を握り込み、私の顔の前に持ってくる。

「願わくば、強者であれ」

フェルターは獰猛《どうもう》な笑みを浮かべてそれだけ言うと、颯爽《さっそう》と去っていく。

図体の割に可愛らしい尻尾を揺らしながら帰る様子は年相応に見えて面白かった。

◇

「アオイさん！　なんであんなことをしたんですか⁉」

フェルターがいなくなってすぐにエライザが涙目で詰め寄ってきた。

と、教室内から出てこられなかったシェンリーが恐る恐る出てくる。

「だ、大丈夫でしょうか……フェルター君はブッシュミルズ皇国の侯爵家次期当主らしいですし、ロックス君……」

不安そうに呟かれた言葉に、エライザが何度も頷いた。

「ロックス・キルベガン君……この学院と最も関係の深いヴァーテッド王国の王家の出です！　しかも第二王子……！」

両手で頭を抱えながらヘッドバンキングするエライザに、シェンリーが怯えて後退った。

どうやら、六大国の上級貴族と王子の二人だったようだ。

「……王子と次期侯爵家当主ともあろう者が、あんな態度を公の場で見せているのね。もう少し厳しく躾《しつ》けないとダメだったか……」

「逆、逆っ！」

「あ、あまり関わらない方が……」

エライザとシェンリーが私の独り言に反論してくるが、そればかりは譲れない。

「学校は平等であるべきです。どんな生まれでも、平等に学び、平等に学生としての時間を楽しむべきです。また、生徒の模範となるべき教師は区別することなく、平等に接してしかるべきでしょう」

「……王族だから厳しくいくとか言ってなかったですか？」

「それはそれ。これはこれ、です」

エライザの指摘を軽く流すと、私はシェンリーを見た。

「シェンリーさん。もし、偉そうな人が何か言ってきたら私に言ってね？　私やエライザ先生は地位とか気にしないから」

「私もですか!?」

何故か悲鳴交じりに確認されてしまう。

「……エライザ先生は、悩める生徒を助けようとは思わないんですか？」

そう尋ねると、エライザは半泣きのままグッと顎を引いた。

シェンリーはそんなエライザの顔を見て、不安そうに口を開く。

「あ、あの……私のことは、お気になさらず……その、エライザ先生が私の事を気に掛けてくださっただけで……」

涙ながらにそんな健気《けなげ》な事を言うシェンリーに、エライザは「はわわわ……っ！」と良心の呵《か》責《しゃく》に責められて身悶《みもだ》えした。

「……そんなこと言われて、頑張らないわけにはいかないじゃないですかぁ……」

そうして、エライザは結局シェンリーを助けることに決めたのだった。

◇

「良くやった」

開口一番、ストラスはそう言って私の肩を何度も叩いた。いつもの感情を見せない顔なのに、何故かとても喜んでいるのが分かった。

「ちょっと、ストラスさん！　なんで褒めるんですか!?」

両手を上げて怒りを表現するエライザに、ストラスは首を傾げる。

「傍若無人であり、授業の邪魔になることも度々あった馬鹿どもを叱りつけたんだ。何が悪い」

ストラスが真面目な顔でそう聞くと、エライザは頭を抱えてテーブルに両肘を付いた。項垂れるエライザを横目に、私は店内を見回す。

少し薄暗いが、広々とした飲食店だ。木製のテーブルや革張りのソファーが並び、壁側や柱周りには観葉植物も置かれている。

店員も客層も品があり、一目で高級店と分かる店だ。

「……支払いは大丈夫でしょうか」

自分は旅の途中で得た金があるが、この二人はあまり金銭的に余裕があるというイメージがない。

確か、エライザが寮長にそんなことを言っていた記憶もあった。

そう思って口にしたのだが、二人は真顔で私を見た。

「この街で、フィディック学院の教員は高給取りですよ！　ご飯くらいは大丈夫です！」

「……そういえば、アオイはまだ給金を受け取っていないのか」

ストラスの言葉にエライザもハッとした顔になる。誤解を受けてしまった。

「いえ、私の支払いは大丈夫ですが……前にエライザさんが街の宿の価格を心配していたので」

そう言うと、ストラスもエライザの顔を見た。すると、エライザは眉をハの字にして視線を逸らす。

「……研究費がカツカツで……たまの食事代くらいは端数みたいなものなんで気にしませんが、定期的にお金がかかるとなると……噂によると上級教員の方は一般教員の三倍の給金を貰えると聞いてます……」

物欲しそうにこちらを見るエライザに、ストラスが半眼になる。

「たかるな、エライザ。アオイは年下の新任教員だ」

と、ナチュラルに呼び捨てにするストラスに、エライザは非難の目を向けた。

「……私、ストラスさんより年上ですからね。年上を敬って研究費を出資してくれても……」

「……こうはなるなよ、アオイ」

と、愉快な会話をしている二人に、私は疑問を口にする。

「一つ質問ですが、恐らくフィディック学院の教員になれるような魔術師ならば、別の道で十分お金は得られると思います。何故、この学院に？」

そう尋ねると、二人は顔を見合わせた。

「理由は様々だが、大まかに分けるなら二つ……いや、三つだな」

ストラスがそう口にし、エライザが頷いて続ける。

「一つは国の為に、学院で存在感を示しに来ています。例えば、フェイマス・グラウス先生ですね。フェイマス先生は伯爵家の地位向上や、カーヴァン王国の魔術師のレベルが高いことを知らしめる為に教員をしています」

人差し指を立てながらそう言うと、次に中指を立てて二つ目を口にする。

「二つ目は、家の為、です。例えば、元は貴族だったのに落ちぶれてしまった家の人などは、国内では浮上の目が極端に少なくなります。まぁ、一度ダメだった人よりも勢いのある新興貴族の方が評価を得られやすいですからね。そういった人は、平等に評価されて存在感も示せるフィディック学院に来ます」

そう言ってから、最後に薬指を立てた。

「三つ目は、自分の為です。魔術に人生を捧《ささ》げた人。なんとかして目標とする魔術を開発したい人。中には結婚相手を探している人などもいますね」

と、解説をしてくれた二人を見て、私は成る程と頷く。

「それで、お二人は？」

「自分の為」

「自分の為です」

聞くや否や即答してきた。

「自分の為ですか？」

そう確認すると、ストラスは大きく頷く。

「ヴァーテッド王国はすでに上級教員が一人いる。家は男爵家だからな。教員になれただけでも十分名を挙げることが出来た筈だ。だから、俺は自分がどれだけの魔術師になれるか試したい」

ストラスは少年漫画の主人公のようなことを言い、静かに酒を口に運んだ。

それに笑いながら、エライザも頷く。

「私も似たようなものですね。グランサンズとしては魔術師を多数輩出出来たら良いでしょうが、以前よりもずっと教員も生徒も増えていますし。なので、私は自分の目的の為にも新しい魔術を開発するのです」

胸の前で両手を拳の形に握り込み、エライザはそう言った。

「新しい魔術？」

「そうです！　土の魔術は街道造りから城壁造りまで様々な場所で使うことが出来ます！　しかし、魔力が失われた瞬間、全て土塊となってしまいます。それは上級も特級も変わりません。性質変化で石にしたとしてもバラバラと崩れてしまうそうです……なので、私は効果が持続する土の魔術を開発したいのです！　そうすれば、建物や橋なども造ることが出来るようになる筈です！」

熱く語るエライザに、ストラスが唸り声を上げる。

「毎回確認しているが、持続する魔術などありえるのか？　魔力を放出し続けるのではないだろうか」

「魔術の可能性は無限大ですよ！　私としては、古来に失われた魔法陣に可能性があると考えています！　そもそも、古代の遺跡の中には明らかに人工物とは思えない建物が……」

と、気が付けば二人は魔術論議で盛り上がり出した。

「どう思います、アオイさん!?」

「正直に言って良い。不可能な研究に時間を無駄にしてしまっては可哀想だ」

「酷いこと言わないでください!?」

二人に詰め寄られて、チキンバーを食べていた私は苦笑しつつ答える。

「エライザさんの研究は間違いではないと思います。実際に、魔法陣を使って作られた武具や防具、建物は残っています。魔法陣は線が途切れてしまえば効果を失うので、表面を同じ材質で保護して見えなくなっていますが」

そう答えると、エライザとストラスは目を丸くした。

「ま、ま、魔法陣についてご存知なんですか!?」

「……まさか、アオイまで魔法陣の研究を……」

二人がそれぞれ驚愕していると、不意に側に何者かが立つ気配がした。

顔を上げると、そこには何とスペイサイドの姿があった。

スペイサイドは私達の顔を順番に見ると、顔を顰めて深い溜息を吐く。

「……少しは静かに出来ませんか。ここは公共の飲食店です。周りの迷惑を考えて行動してください」

そう言われて、すぐにエライザはハッとした顔になり、頭を下げた。

「ご、ごめんなさい！　ちょっと、熱が入っちゃって……申し訳ありませんでした！」

謝るエライザを尻目に、スペイサイドは鼻を鳴らして踵を返す。

その態度にストラスは若干不機嫌になっていたが、悪いのはこちらである。文句など言える筈もない。

が、一つ気になることがあった。

「すみません」

そう言うと、スペイサイドは立ち止まって横顔をこちらに向けた。

「騒がしくして申し訳ありませんでした。ところで、スペイサイド先生は一人でこちらへ？」

尋ねると、スペイサイドは嫌そうな顔で一瞬口籠ったが、すぐに答える。

「……フォア・ペルノ・ローゼズ氏と二人です。くれぐれも迷惑をかけないように願いますよ」

そう答えてスペイサイドは戻っていった。どうやら奥の個室で食べているらしい。

「フォアという人は、教員ですか?」

疑問を口にしながら振り返ると、ストラスは渋面になり、エライザは苦笑しながら頷いた。

「上級教員の一人ですよ。その……貴族意識の強い方で、ストラスさんや私はあまりお話しする機会が少なくて……」

そう言われて、私は何となくストラスの顔に納得するのだった。

第四章 — 怒り

学院には火、水、風、土の魔術に卓越した上級教員と、癒しの魔術の上級教員がいる。その人数は百人を超える教員の中で一割にも満たない。

基本的に上級教員にまでなる魔術師は各々研究に打ち込み、その成果や副産物を公開する方が本人にも学院にも利益となる。

その為、一般教員とは違い、上級教員は一週間のうち一日、多くても二日しか授業は行わない。

特に、水の上級教員であるフォア・ペルノ・ローゼズは自身の研究に傾倒しており、授業は余程の理由がなければ週に一度、二時間のみだ。

その貴重な授業が行われるということで、私は教員三日目ながら、朝から生徒達と共に校庭にいた。

流石に上級を学ぶ生徒ということで、基本的には十七から十八歳ほどの生徒ばかりである。人数は二十人。全員が真剣な面持ちで立っていた。

ただ、その中にいる二名。ロックス・キルベガンとフェルター・ケアンだけは時折こちらを盗み見ている様子が見てとれたが。

あの二人、成績は優秀なのか。

私が密かに驚いていると、闘技場のような校庭に黒いローブの男が姿を見せる。

くすんだ灰色の長い髪と髭、鋭い目つきの痩せた五十代ほどの男。黒い衣装と合わさり、まさに魔法使いといった出立ちだ。

皆が緊張に背筋を伸ばす中、上級教員であるフォア・ペルノ・ローゼズは私達の前で立ち止まり、顔を見回した。

「……出席者を確認する」

挨拶もなく、フォアはそう言って名を順番に確認していく。そして、最後に私を一瞥した。

「……最後に、アオイ・コーノミナト教員」

「はい。今日は宜しくお願いします」

そう言って一礼すると、フォアは無遠慮な視線を向けてくる。じろじろと上から下まで眺められ、なんとなく居心地の悪い思いをしていると、ロックスが横から口を出してきた。

「アオイ先生は学院にきたばかりでありながら上級教員として雇われたと聞いた。さぞ凄い魔術師なのだろうな」

一言余計なことを口走ると、フォアが目を細く尖らせた。その視線を受けて口を閉じるロックスを睨んで、フォアはこちらを見る。

「……この学院では、実力のある者が教員となる。しかし、上級教員ともなれば、そこに最低限の品が必要とされる。その点では、貴族は幼少時より、様々な礼儀作法や学問を学んでいる為、上級教員に適していると考える……コーノミナト教員は、確か平民の出と聞いた」

静かに持論を展開し、確認するようにそう言われて、私は真っ直ぐに見返しながら頷いた。

「はい、平民です。私はどこの国の出身とも知れない身ですが、不適合でしょうか」

そう口にすると、フォアは数秒、考えるような顔で押し黙る。

そして、短く息を吐いて口を開いた。

「……今後の君の行動を見て、判断をさせてもらおう。もし、上級教員に相応しくないと判断したら、私は学長に直訴するつもりだ。覚えておくと良い」

厳しい声でそう言って、フォアはようやく授業に入る。

行ったのは水の上級魔術だ。なんと、フォアは水の特級魔術が使える上に火と風も上級魔術が使えるらしい。特級の魔術を複数使うことが出来れば各国の宮廷魔術師と同等と言えるだけに、フォアの実力は確かなものだろう。それだけにとどまらず、水の上級魔術も僅か二言詠唱したかと思えばもう発動させていた。詠唱時間短縮の研究もしっかりと行っているようである。

詠唱時間は二、三秒ほど。これならば、限りなく無詠唱に近いと言える。

詠唱を省略すればその分発動する魔術の調整も難しくなるが、そちらも問題はなさそうだ。

「押し流す水流《ダイダルウェイブ》」

魔術を発動した瞬間、フォアの眼前に巨大な水の球が発生し、大量の水が前面へ放たれる。さながら津波だ。

兵士だろうが馬車だろうが、何も出来ずに押し流されるだろう。

この魔術には、生徒達も子供らしく目を輝かせて感嘆の声をあげていた。一つでも上級魔術を使えれば卒業に足る技量と言えるのだから当然だろう。

それから五人ずつ一組になり、順番に水の上級魔術を発動していく。面白いのは、上級の魔術が使えるようになったからといって発動速度や威力は同じではないことだ。

発動が遅くて威力も低い場合でも、五人が揃った場合はフォアの魔術に匹敵する津波となる。逆に、一人一人威力があっても発動のタイミングがズレれば微妙な結果となった。

また、詠唱を省略する技術もそれぞれだ。最短三節で発動する生徒もおり、四節で発動する生徒はそれを参考にしていた。

魔術の特性を知ることも出来、なおかつ他者の魔術を見て自身の魔術へのヒントにすることが出来る。

この授業も良く考えられているようだ。

そんなことを考えながら眺めていると、上級の授業の中では真面目に勉強しているロックスがこちらを見てきた。

「……フォア教諭。今後の参考の為にも、アオイ教諭の魔術を一度見ておきたいのだが」

ロックスがそう告げると、フォアはまた一瞬考えるような仕草を見せ、顎を引く。

「……ふむ。それには私も興味がある。私は十五年掛けて、上級教員となった。それでも、上級教員の中では早いくらいだ。コーノミナト教員の実力が気にならないと言えば嘘《うそ》になるだろう」

そう呟き、こちらを一瞥したが、すぐに浅く息を吐いた。

「だが、今はその時ではない。コーノミナト教員の実力がどの程度でも、今の貴殿らにはまだ参考にもなるまい。まずは、上級の魔術を三節で発動できるまでに鍛錬せよ」

予想外にも、フォアはそう言ってロックスの提案を切って捨てた。

私も意外だったが、これはロックス本人も意外だったらしい。悔しそうにこちらを睨んできたが、何も言わずに矛を収めた。

結局、見学者であると判断したフォアは、最後まで私に何もさせることはなかった。

◇

そういったこともあり、昼食ではエライザに話を聞きたくなった。

「フォア先生は、問題となるほど貴族意識が高いとまでは思わなかったけど」

首を傾げながらそう言うと、顔の大きさほどもあるパンに齧り付きながら、エライザも首を傾げた。

「んん……そうなんですか。我々も大半はフォア先生と話す機会がないものですから……噂だけだったんでしょうか」

そう口にした途端、何かを思い出したようにエライザが顔を上げる。

「あっ！　そういえば、生徒達の間で噂になってるみたいですよ!?」

「……私、ですか？」

そう聞くと、エライザは何度も頷いた。

「そうです！　まだ一部の生徒だけですが、明らかに悪意のある何者かが……」

「悪い噂ということですか。どんな内容ですか？」

尋ねると、エライザは一瞬口籠もり、悲しげに口を開いた。

「……アオイ先生は、平民故に貴族を目の敵にしていて、教員の立場を使って不当に虐げている、と……」

そう呟き、エライザは慌てて両手を左右に振る。

「私やストラスさんは分かってますよ!?　アオイさんは平等に生徒に善悪を教えようとしている、と！　ただ、この学院はどうしても貴族社会の感覚が強くて……家の権力が高い誰かが噂を流せば、さも真実のように広まってしまって……」

悔しそうに俯きながらそう口にしたエライザに、私は笑って頷く。

「大丈夫です。私には貴族社会のしがらみは関係ありませんからね。正面突破してやりましょう」

そう言って微笑むと、エライザは頬を引き攣らせて乾いた笑い声を上げた。

【ＳＩＤＥ：シェンリー】

足音を忍ばせて、教室の端に静かに座る。出来るだけ目立たないように、出来るだけ静かに。

この学院では魔術の実力も大事だが、貴族としての地位も大事だ。そして、種族も同様だろう。

私は中等部では魔術が出来るほうだった。魔力が特別強いというわけではなかったが、覚えが早いとはよく言われた。

だからだろうか。友達はたしかに少なかったが、それでも中等部では普通だったと思う。

一年早く高等部に上がり、がらりと世界は変わった。

陰口を叩かれるようになったし、嫌がらせも受けるようになった。中等部では成績がよくても、高等部では普通以下だ。さらに獣人で名ばかりの子爵家の子女となると、私の存在価値はないに等しい。

失敗すれば罵倒され、嘲笑される。目立っても調子に乗っていると言われて嫌がらせを受ける。階段から突き落とされることもあったし、帰り道に火の魔術で服を燃やされたことまであった。

わずか数ヶ月で神経をすり減らした私は、もう何も出来なくなっていた。失敗出来ないと授業で魔術を行使しようとすれば極度の緊張から体が震え、魔術は殆ど発動せずに失敗となる。

悪循環なのは分かっているが、どうしようもない。夜中に密かに魔術の練習をしたりもしているが、教室に入れば体は勝手に萎縮し、視線に晒《さら》されるだけで震えて涙が出そうになるのだ。

学院を辞めようかとも思ったが、家の不利益となってしまう。それなら不慮の事故として死んだことにしたほうが良いくらいだろう。

このまま消えてしまえたら、眠ったまま起きなければ、どれだけ幸せだろうか。

そんな辛い日々を過ごしていた私に、ふとした変化が訪れた。

若くして上級教員となったアオイ先生との出会いだ。普通の教員ならば私の存在は見えていないかのように扱うだろう。

だが、アオイ先生は自ら話しかけてくれるのだ。それだけで、私はどれだけ救われるだろう。

残念ながら、まだ授業は一回しか一緒になることはなかったが、アオイ先生は私がこっそり手を振ると微笑んでくれた。

気持ちが軽くなるのを感じる。私にも、居場所が見つかった気がしたのだ。

廊下や食堂ですれ違えば必ず挨拶をするし、挨拶が返ってくる。中等部の友達も高等部の先輩を恐れて私に挨拶は返してくれなくなったのに。

だから、私はロックス先輩がアオイ先生の悪口を口にしていたのを見て、我慢が出来なかった。

「あの女には必ず裏がある。魔術は特級魔術が使えるという噂だが、俺が使うように言っても一切魔術を見せることはなかった。つまり、あの女が魔術を使うには何か仕掛けが必要なのだ。そんな詐欺紛いのやり方で上級教員となり、王族を王族とも思わぬ扱いをして地位を誇示しようとする……あの女はこの学院だけでなく、六大国にも害となる存在かもしれんぞ」

そんな言葉を廊下で耳にして、悲しさや悔しさ、切なさに胸が締め付けられるような気持ちになった。

ヴァーテッド王国の王子であり、火や水、風、土の魔術の主要四属性で上級魔術まで使え、天才とさえ呼ばれている。その為、発言力は他の追随を許さないほどだ。

そんなロックス先輩が、アオイ先生のことを嘲笑する。

「潰さねばなるまい。まぁ、あの性格の悪い平民なんぞ、いなくなっても誰も困らないからな」

そう言って楽しそうに笑い、周りに集まった人達も釣られるように笑い出した。

その光景を見て、私は飛び出していた。

「あ、アオイ先生は誰にでも平等に接してくれる素晴らしい先生です！　そんな人を貶《おとし》めるロックス先輩こそ、最低です！」

言ってしまった。泣きながら、王族相手に怒鳴ってしまった。

「……女、もう一回言ってみろ」

憤怒の滲んだロックス先輩の声が聞こえて、周りにいた上級貴族の先輩達の顔が面白いものを見たような表情になり、嘲笑が聞こえてくる。

恐怖で膝の力が抜けそうになった。

でも、我慢出来なかったから、私は涙声で叫んだ。

「アオイ先生を虐めないで！」

【ＳＩＤＥ：コート】

アオイ・コーノミナト。どう見ても十代にしか見えない人間だが、その魔術技量は上級教員、宮廷魔術師レベルなのは間違いない。

収集した噂が全て本当ならば、学長と同等と言えるほどだ。

だが、調べて見ても身元不明である。出自どころか、最近までどの国に住んでいたのかも分からない。もしかしたら六大国ではなく、小国の一つに隠れ住んでいたのかもしれない。

六大国に生まれていれば通常は出生調査で魔術師は全員把握される。例外は娼婦などが隠して子を生《な》した場合や、盗賊、山賊の類が人里離れた隠れ家で産んだ場合などくらいだ。

どちらも、産んだ子供が金になると分かれば隠すことはないだろう。そうした出自不明の魔術師の素質を持った子が、奴隷として売られているのはよくあることとして知られている。

ならば、小国からどういう理由で学院に来たのか。出自を明らかにして六大国の一つの国に魔術師として士官すれば、アオイならば貴族としての地位も金も得ることが出来る。

「……学院に教員としてきた理由。やはり、個人で魔術研究を重ねてきたのなら、貴族の子女でしょう。しかし、当の本人は平民であると……」

もっとアオイの参加する授業に出たいのだが、残念なことにどの授業に参加するかは分からない。

今のところ一度しか授業を受けられていないが、恐らくそろそろ何の授業を担当するか決まるだろう。願わくば自分が受けられる授業であって欲しいが。

そんなことを思っていると、廊下の奥で少女の悲鳴が聞こえてきた。

驚いて廊下を進み角を曲がると、そこには床に倒れた少女と、ロックス・キルベガンの姿があった。

周囲にはいつものヴァーテッド王国の上級貴族の子息らが並び、楽しそうに笑っている。

どこかを痛めたのか、少女は倒れたまま咳《せ》き込み、身を震わせていた。随分と小柄だが、まさか中等部の生徒だろうか。

「……なにか、面白いことでもありましたか？　皆さん楽しそうですが」

柔らかく、されど場の空気は壊すように水を差す。

他国の貴族の子らだ。特にロックスは王族である。我がバトラー家もコート・ハイランド連邦国においては最上位と言える地位にあるが、連邦国は五大国が力を付けていくのを危惧し、独立を保持したい近隣の小国同士が同盟を作り出来上がった構成体だ。

元の地力が違う。

もし、ヴァーテッド王国と敵対するかもしれないとなれば、間違いなく我が国は真っ二つに割れる。バトラー家を差し出して和解しようとする者も現れるだろう。

つまり、ロックスと完全に敵対するのはリスクが高いということだ。

気を付けている相手は数名いるが、僕はその誰とも程よい距離感を維持してきたと思う。

今回も上手く出来るだろう。そう考えて、僕は少女を横目にロックスの方へ向かう。

「何かありました？」

改めてそう尋ねてみると、ロックスは微妙に不機嫌そうに口を開いた。

「ふん、コートか。この馬鹿の知り合いか？」

「いや、多分知らないコだと思いますよ。ただ、授業も終わったのに、ヴァーテッド王国の将来を担う皆さんが楽しそうに談笑していたので興味を持っただけですよ」

そう答えると、ロックスは鼻を鳴らして少女を指さす。

「この馬鹿が俺の言葉に逆らっただけだ……そうだ、コート。お前も参加するか？　あのアオイとかいう女を潰してやろうと思ってな。王族を馬鹿にしたらどうなるか、教えてやる」

ロックスはそう言って醜悪な笑みを僕に向けた。

それは面白そうだね。

そう言って、曖昧に笑っておこう。

そう思ったのに、口からは違う言葉が出た。

「随分とくだらない遊びだね。ヴァーテッド王国の程度が知れるってものだよ」

理性は今すぐに態度を改めて一言謝罪しろと告げているが、どうにも今日の僕はおかしくなってしまっているらしい。国と国のしがらみも、僕よりも実力の高いロックスの怒りを買うことも、全てが馬鹿馬鹿しい。

今はただ、この傲慢な馬鹿王子に文句を言ってやりたい気持ちでいっぱいだった。

ロックスはそんな僕の内心を知ってか知らずか、目を細めて低い声を漏らす。

「………なんだと？」

ドスの効いた声と共に、ロックスの目がギラリと光った気がした。その凄む様子に、何故かは分からないが思わず笑ってしまう。

「だって、こんなのが第二王子なんだろう？」

そう言った瞬間、ロックスは怒りに燃える目で魔術の詠唱を始めた。

【ＳＩＤＥ：フェルター】

こんな男だったたか？

俺はそんなことを考えながら、中庭に移動した面々の後に続いた。

ロックスが怒りに任せて魔術を使い、取り巻き共はそれの補佐をする。腐っても魔術学院の生徒だ。皆が中級以上の魔術を使い、次々に魔術は発動した。

炎の球、氷の矢、風の刃に岩の槍。様々な攻撃魔術が飛来するが、コートはあの獣人の女を片手に担いで応戦している。

応戦といえども逃げるばかりだが、中々見事に魔術を防いでいた。コートは土の魔術が得意らしく、素早く初級か中級の魔術を用いて攻撃を防いでいる。

とはいえ、流石に限界はある。

教員でもないと、あれだけ多勢に無勢ならば成す術もないに違いない。

「……っ！」

相殺する為に放った岩が目の前で砕かれ、破片を脚に受けたコートが地面を転がる。あの女も一緒だ。

「く……っ、あぁ……！」

血を流すコートを見て、取り巻き共は冷水を浴びせられたように顔面蒼白となる。それはそうだろう。ああ見えて、コートはコート・ハイランド連邦国の代表を輩出した名家の嫡男だ。

その人物に怪我をさせたとなれば、国を超えた大事件になる。

そう思い、足が竦んだのだ。

そんなことで怖気付《おじけづ》くくらいならば、最初からしなければ良い。

「情けない奴らだ」

「退け」

そう言って押し退けると、取り巻きは二人ほどまとめて転倒した。

中庭の端には呻《うめ》く女と、脚から血を流しながらそれを庇《かば》うコートの姿がある。ロックスはそんな二人を見下ろし、舌打ちをした。

「……大した力もないのに強者に逆らうとはな。コート・ヘッジ・バトラー。貴様はもう少し賢い男だと思っていた。まさか、そんな屑《くず》に惚《ほ》れていたのか？」

ロックスはそう言って笑うが、俺の評価は低くはない。

「……コート。お前、本当はそれなりに戦えるな？　実戦経験がある動きだ。普段の態度から騙されていたが、一対一なら相当なものだろう」

そう告げると、コートは苦笑するように顔を歪めた。

「買い被りですよ」

呟き、立ち上がる。腿《もも》に傷を負っている為、かなりキツい筈だ。しかし、コートは隙を見せなかった。

ロックスは腕を組んで睨み、顎をしゃくる。

「……今なら許してやる。コート。俺に逆らわないと誓え」

と、まるで慈悲をくれてやるとでも言わんばかりの台詞を吐いた。

これが、ロックス・キルベガンだと言うような言葉だ。

悪気はなく、王族の自分に従うのが当然だと心から思っている。言うなれば、過ちを犯したコートを許してやろうとさえ思っている。

だが、貴族の子息に言ってはならない台詞だ。

もう、この状況ではコートも引くことは出来ない。そして、コートほど頭が回る男ならば、恐らく適当にやり過ごすことも出来ないと理解しているだろう。

懸かっているのは、貴族としての誇りになった。

興味深く眺めていると、コートは不敵に笑い、短剣を取り出した。そして、刃先をロックスの顔に向ける。

「……這《は》いつくばって謝罪しなさい。今なら、許してあげましょう。馬鹿王子」

その言葉に、ロックスは我を忘れた。

杖を抜き、魔術の詠唱を開始する。

【ＳＩＤＥ：バレル】

中庭に出ると、連続して何か音が聞こえた。罵倒するような声も響き、何事かと見に行く。

すると、岩か何かの壁に向かって様々な魔術を連続して放つロックス先輩の姿があった。

何かの練習なのかもしれないと思ったが、怒鳴るところを見ると違うらしい。

「逆らっておいてそれか!?　無様だな、コート！」

怒鳴りながら中級の魔術を連続して放つロックス先輩に、背筋が寒くなる。王族は別格の魔術師としての素養があると聞くが、確かにロックス先輩は特別だ。

なにせ、四つの主要属性全て上級に達している唯一の生徒なのだから。

更に、ロックス先輩から少し離れた場所にはあのフェルター先輩がいた。珍しく無属性魔術が得意な人だが、殆どの魔術で中級以上を使うことが出来る化け物だ。

教員と模擬試合をしたことでも知られているが、なんと学院に入って負けなしだという。つまり、教員よりも強い生徒だ。

「……あの二人とやり合うなんて、どこの馬鹿だ？　恐らく、貴族の格も理解出来ないような平民だろうけど……そういえば、コート、と叫んでいたような……」

そう呟いた瞬間、岩の壁が砕けた。ロックス先輩の猛攻に耐えられなかったのだ。

すると、壁の向こうに現れたのは白い髪の女だった。頭に獣の耳があるのが分かった。

あれは、僕と一緒に飛び級で高等部に入った獣人の女子生徒、シェンリー・ルー・ローゼンスティールだ。珍しい獣人の飛び級だったので覚えていた。

「水の流弾《アクアショット》！」

シェンリーは水の魔術を放ち、ロックス先輩を狙う。だが、それをロックス先輩はあっさりと土の魔術で相殺してしまった。

使い方が上手い。咄嗟《とっさ》だったから初級魔術を使ったのだろうが、角度を付けて上手く回避している。これで、お互い一からの詠唱となる。ロックス先輩の勝ちは確定だ。

と、その時、シェンリーと反対側から人影が現れた。

「岩の散弾《ロックシェル》！」

背の高い、朱色の髪の男だ。シェンリーの魔術を囮《おとり》にし、男が本命の土の中級魔術を放ったのだ。

二人の交戦の間に魔術の準備を整えたのだろう。

実力差があろうと、こうなっては関係ない。ロックス先輩は身を捩《よじ》って負傷を最小限にするしかないだろう。

しかし、現実は違った。

ロックス先輩の姿が忽然と消えたのだ。何が起きたのかと思ったら、離れて立っていた筈のフェルター先輩がロックス先輩を引き摺り倒して魔術を回避していた。

異常な動きだ。遠目に見ていた僕でも何が起きたのか分からなかったのだから、相対する二人には全く見えなかっただろう。

「……君もやる気ですか。フェルター・ケアン君」

不敵に笑う男の声を聞いて、ようやくそれがコート・ヘッジ・バトラーだと理解した。

普段の表情とあまりに違った為、誰か分からなかったのだ。

「……死にかねないと判断したのでな。それに、観客も増えてきた」

フェルター先輩はそう呟くと、ロックス先輩を地面に置いて立ち上がった。

バレた。

そう思って肩を跳ねさせたが、フェルター先輩が目を向けたのは僕とは反対側だった。

全員の視線が、そちらに向く。

小石を踏む音が聞こえ、沈み掛けた夕日の中に人影が映った。

「……何をしているのですか？」

低い、女の声だ。

声量もないのにその声は良く響き、ざわりと、肌が粟立《あわだ》つほどの迫力がある。

皆が固まる中、シェンリーだけが大粒の涙を流し、その人影の名を呼んだ。

「アオイ先生……っ！」

血を吐くようなシェンリーの必死な声に、人影から恐ろしいまでの怒気が伝わってきた。

情けないことに、足が震えて動かない。何もしていないのに、とても悪いことをしている場面を見られたように怖かった。

しかし、ロックス先輩は平然と立ち上がり、真っ向から睨み返してみせる。

「……また貴様か。なんだ？　また何か言う気か？　もう引き下がれない場まで来ているのだぞ。今ここで口を出すならば、国家間のいざこざに首を突っ込むことと知れ……っ!?」

怒りの言葉を吐くロックス先輩は、最後まで喋《しゃべ》ることができなかった。

一瞬で目の前に現れた例の新人教師アオイ・コーノミナトに、平手打ちを受けてしまったからだ。

手を振り終わった恰好しか視認出来なかったが、平手打ちをした後といった体勢だ。だが、ロックス先輩はまるで暴走した馬に撥《は》ねられたかのように弾き飛ばされ、地面を転がっていった。

「国を背負って私と戦うというなら相手になりましょう」

低い声でそう口にしたアオイは、感情を感じさせない顔で倒れたロックス先輩を見下ろし、再度口を開く。

「滅ぶ覚悟でかかってきなさい」

アオイがそう口にすると、ロックス先輩は信じられないものを見るような顔をした。

そして、フェルター先輩は愉《たの》しそうに歯を剝《む》いていた。

【SIDE：アオイ】

頭にきた。

その言葉がこれほどしっくりきたのはこの世界に来てから初めてのことだった。

呻きながらも立ち上がり、口元に滲んだ血を指で拭うロックスと、肩を揺すって笑うフェルター。

その数メートル手前には、地面に倒れたまま震えるシェンリーと脚から血を流すコートの姿がある。

子供のケンカとも、単なる虐めとも違う。そんな言葉では生優しすぎるのだ。

私はすぐにシェンリーの肩に手を乗せて、魔力を込めながら「癒しの水《ケア》」と口にした。

癒しの魔術がシェンリーの体を内外から治癒する。

細かな擦り傷、打撲、目に見える傷は癒えたように思える。次に私は満身創痍《まんしんそうい》といった様子のコートの方へ向かった。

「命の水《オードウイール》」

両肩を摑んで支えるようにして魔力を込め、癒しの魔術を発動する。これで、もし内臓に重大なダメージを受けていたとしても完治している筈だ。

怪我がみるみる間に治り、コートは驚きの表情で自らの脚を見下ろしている。

「大丈夫ですね」

確認してそう呟き、私は改めてロックスとフェルターを見た。

「こんなことをした理由を述べなさい。たとえケンカから始まったとしても、他人に怪我を負わせることは悪いことです。それも下手をすれば人命に関わるような魔術を……」

そう言うと、ロックスは鼻を鳴らして笑い、私を指差す。

「それは、たとえ王族であっても平民を害することは罪である、ということか?」

「当たり前です。貴方は馬鹿なのですか？　意味も義もなく平民を殺す国王がいたとして、そんな国は長く続きません。ローマ帝国じゃあるまいし、人心を無視した王が国を治めていれば、衰退の道を辿るでしょう」

答えると、ロックスは声を出して笑った。

「馬鹿は貴様だ！　王を誰が裁く!?　ローマなどという国は知らんが、我が国を知らぬ者などおるまい!?　我がヴァーテッド王国が、六大国の括《くく》りでも一歩抜きん出た世界最大の国が、どうやって衰退する!?」

さも当たり前のようにそう言って笑うロックスに、何故かコートとシェンリーは悔しそうに俯く。

その様子に首を傾げつつ、私は肩を竦めた。

「歴史上不滅の国はないでしょう？　それに、暴君は長くは君臨出来ませんよ。その後の未来は大抵惨めなものです」

と、過去を持ち出して諭してみる。六大国のどの国も、歴史は長くて数百年だ。それより以前は三大国と呼ばれる強豪国があったようだが、そちらも数百年保《も》てば良いくらいだっただろう。

地球でも同じだが、この世界でも人間が創るものである以上、永遠はないということだろう。

しかし、ロックスには通じなかった。

「我が国をその辺の有象無象と比べるな！　ヴァーテッド王国の統治を知りもしないで巫山戯《ふざけ》たことを……！　己の無知を恥じるが良い！」

「私が無知なのは認めましょう。それで、ヴァーテッド王国の偉大さを知るにあたり確認しますが、貴方は自分に常識や良識が備わっていると思いますか？」

確認すると、ロックスは自らの胸を叩き、鷹揚《おうよう》に頷く。

「当たり前だ。ヴァーテッド王国が誇る才人や、宮廷魔術師、騎士団長から様々な教育を受け、この学院でもトップクラスの成績を持つ俺が証明している。我が国の素晴らしさをな」

自信たっぷりに言われた台詞を聞き、私は深く溜息を吐いた。

「それでその程度ならば、ヴァーテッド王国も永くはないでしょうね。残念です」

そう言った瞬間、ロックスは怒りをそのまま突進力に変えて向かってきた。

魔術も使わずに殴りかかる気だろうか。さては、女だから肉弾戦ならば負けないと思っているな。舐められたものだ。

そう思って迎撃を考えていると、ロックスは服の内側からギラリと光るものを取り出した。

刃渡り五十センチはありそうなナイフ、いや、短剣だ。刃の表面には魔術刻印が施されており、相当な品だと分かる。

「後悔しても遅いぞ！　炎の五連槍《フィフス・クリムゾン》！」

ロックスが魔力を込めた瞬間、手元の空間に多重魔法陣が浮かび上がった。そして、ロックスの前に水平に五本の炎の槍が現れる。

空気が熱で歪み、炎の槍の向こう側に立つロックスの笑みまで歪んで見える。

「喰らえっ！」

怒鳴り、魔術が発動した。

炎の槍は瞬きする間もなくこちらに向かってくる。

だが、炎の槍は私に近づいた瞬間、連続して破裂して炎上した。目の前に炎の壁が出来上がり、周りにある物を焦がす。

その勢いは上級下位といった威力だが、もしあの炎の槍が別々に飛来するならば特級に匹敵する脅威だ。

王家の秘宝か。普通の敵を相手にするならば、これで勝負を決することが出来るほどの魔術具だ。

ロックスはもう勝利を確信したのか、炎の壁の向こうで何か言っている。

「ふん、くだらん。この俺に逆らうからこうなるのだ」

そう言って、くつくつと笑うロックスに、私は溜め息を吐いて魔術を行使した。

「氷の狀《フロストエッジ》」

魔力を込めながら口にした瞬間、足元に水溜りが出来上がり、見る見る間に広がっていく。

炎の壁を超えて半径三メートルほどまで広がった水は、波紋を広げながら波立ち、水の柱となった。

そして、幾つもの水の柱が上がると、ロックスが作り出した炎の壁を巻き込んで凍りつく。

「……な、なんだと……」

炎の壁が凍り付いて砕けると、その向こう側には目を見開いて固まるロックスの姿があった。

「……ロックス・キルベガン君」

私が名を呼ぶと、ロックスはびくりと肩を震わせる。

まさか破られるとは思っていなかったのだろう。もはや声も出ないといった様相だ。

「同じ学校の生徒……それも複数の生徒に怪我を負わせるほどの魔術を使ったこと。あまつさえ、教員にまで炎の魔術を行使したこと。これは重大な問題として取り扱います」

そう告げると、ロックスは警戒心を出しながら舌打ちをした。額からは冷や汗が流れている為、思ったより精神的ダメージは大きいのか。

そんなロックスに、私は柔らかく微笑みかけ、口を開いた。

「……保護者面談を行います」

はっきりとそう告げるが、ロックスは怪訝《けげん》な顔をするばかりだ。

「な、何をする気だ！　この化け物め！」

怯えを怒鳴り声で打ち消そうとしているのか、ロックスは野獣のような顔で叫ぶ。

その言葉に笑みを深め、地面に広がる氷の池を踏み割った。

我ながら凄い音を立てて氷の池は全て粉砕される。

笑みを消すと、びくりと震えたロックスの顔を真っ直ぐ睨んで口を開く。

「貴方のご両親をここに呼び、しっかりとお説教させていただきます。覚悟しなさい。国王だろうが帝王だろうが、子の育て方を間違えた親に掛ける情けはありません」

そう告げると、ロックスは引き攣ったように笑ったが、やがて私が冗談を言っているわけではないと知り、顔色を変えたのだった。

【ＳＩＤＥ：ストラス】

生徒だけでなく、教員達の間でも恐怖の魔女の噂は広がっている。

ある者は、傍若無人だった王族を実力で叱り付けた正義の魔女だと言う。だが、ある者は平民が王族を相手に怒鳴りつけるなど極刑でも生温《なまぬる》いと言う。

教員の意見はまた大きく割れた。

ヴァーテッド王国の報復を恐れて関わらないようにする者や、王侯貴族の在り方をアオイに教えようとする者はまだ良い。

学院が潰される可能性があるとして、アオイをヴァーテッド王国に差し出すべきとする者もいる。

共通するのは、悪感情を持つ者は皆、アオイを災厄の魔女と呼んだ。

「あの魔女が信じられないことをしたせいで、ヴァーテッド王国の国王が近衛騎士団を連れて来る」

「学院が潰されるぞ……！」

「いや、学長はヴァーテッド王国の貴族でもあるのだ。学院は何とかなるだろう。だが、学長が責任をとらされるやもしれん」

と、学院のいたる所で議論する声が聞こえた。

アオイを怖がる者、忌避する者が大半だが、面と向かって文句を言う者はいないようだ。

大騒ぎになってしまった為自粛しているのか、ロックスは三日ほど姿を消している。一方、アオイは何も気にせずにこれまで通り授業に参加していた。

「……保護者面談。まさか、国王を呼びつけるとはな」

「本当に来るんですか……？　来ないですよね、まさか。一国の王が、そんな……」

「隣の街まで来てると聞いたが」

「ひぇええええっ!?」

悲鳴を上げるエライザを眺めていると、アオイが少し驚いた顔をして見せる。

「王都はそんなに近いんですか」

「感想はそこですか!?」

エライザが立ち上がって突っ込んだ。

すると、離れた場所で紅茶を飲んでいたスペイサイドが席を立ち、こちらに歩いて来る。

「……以前にも言った記憶がありますが、公共の場ではお静かに願います。貴方達は、食べる時は騒がしくしないといけないルールでもあるのですか?」

嫌みをチクリと口にするスペイサイドに、アオイはすぐに頭を下げた。

「すみません。静かにします」

簡単に謝ると思っていなかったのか、注意したスペイサイドの方が若干戸惑っている。

「しゅ、殊勝な態度は良いでしょう。さしものコーノミナト上級教員殿も、国王が実際に来るとは思わずに怯えているので……」

そう言って笑おうとしたが、アオイが真っ直ぐにスペイサイドを見上げていることに気が付き、グッと顎を引いて表情を引き締めた。

そして、苦笑する。

「……失礼。貴女は、そんな大人しい性格ではありませんでしたね」

肩を竦めてそう呟くと、スペイサイドは目を細めた。

「……もし、助けになりそうならば、私の侯爵家としての力を使って協力しましょう。今回だけですが、ね」

と、珍しくスペイサイドはアオイ側に立った言葉を残して、その場を去っていった。

これにはエライザも目を丸くしている。

いや、アオイ本人も目を丸くしていた。よほど意外だったのか、エライザと無言で顔を見合わせている光景は少し面白い。

皆は国王の来訪に戦々恐々としているが、俺はあまり心配していなかった。

国王の人柄を知っているということもあるが、グレン学長の発言力と影響力を考えれば、そうそう大きな問題になることはないだろうと思っている。

問題は、学院内の方かもしれないな。

そんなことを思いながら、俺は果実水を口にした。

【ＳＩＤＥ：シェンリー】

どうしよう。

私のせいで、アオイ先生が……私が、ロックス先輩に逆らったばっかりに、コート先輩にまで怪我をさせて……。

ぐるぐると悪いことばかり考えていたら、更に悪い方悪い方へと思考は進み、自己嫌悪が酷くなる。

「私がいなければ……」

泣き出しそうになりながら、ぽつりとそう呟いた。

そこへ、優しげな声が聞こえてくる。

「貴女が何かしなくても、アオイ先生ならば結局こうなっていたでしょう。悔いる必要はありませんよ」

そう言って、コート先輩が隣に立った。

中庭で建物の壁に背中を押し当てて立っていたのだが、コート先輩はどうやって私を見つけたのだろう。

コート先輩を見上げると、笑顔が返ってくる。

「アオイ先生は生徒想いの人だと思います。シェンリーさんのことを恨んだりしません。だから、大丈夫です」

そう言ってくれたが、私は中々前向きになれないでいた。俯き、思わず思いの丈を口にする。

「……私は、ダメなんです。本当なら飛び級なんてせず、中等部にいなくちゃいけないのに……少し、魔術を覚えるのが早かったからって……高等部に上がれるって浮かれて、自分が凄く才能があるなんて勘違いをして……私なんて、この学院にいることも場違いなのに……」

情けない。

本当の自分を、弱々しい自分を他人に見せるなんて、恥ずかしくて情けなくて消えてしまいたくなる。

でも、我慢が出来ない。自分のことが嫌で嫌で、情けなくて情けなくて……誰かに聞いてもらいたかったのかもしれない。

失望されるだろうか。馬鹿にされるだろうか。嫌われるだろうか。不安が胸の中を黒く染める。

しかし、コート先輩の笑顔は曇らなかった。

困ったように笑い、優しく頷く。

「大丈夫です。ほら」

そう言われて顔を上げ、指さされた先を見ると、こちらに向かって走ってくるアオイ先生の姿があった。

「何かありましたか？」

目の前に来て膝をつき、心配そうに私の顔を覗《のぞ》き込む。

「あ、い、いえ……そ、その、自分が、情けなくなっちゃって……なんでも……」

心から心配してくれている雰囲気が伝わってきて、私は涙が止まらなくなった。しかし、そこまで口にして、大事なことを思い出す。

「あ……ご、ごめんなさい……！　わ、私のせいで、アオイ先生が……」

こんな時に自分のことばかり話してしまった。そう思って謝罪したが、アオイ先生は鋭く目を細めて首を左右に振る。

「シェンリーさんは関係ありません。ロックス君があまりにも乱暴過ぎたので、私の判断でご両親に来てもらうことにしただけです」

「だ、だけど……」

「気にしてはいけません。これはただの保護者面談です。王子とか、国王なんて肩書きは関係ないことです。だから、シェンリーさんが気にすることではないんですよ」

そう言って、アオイ先生は私の両肩に優しく手を乗せた。

間近で見るアオイ先生の目は、力強い光を放っている。あれが、信念というものだろうか。

何故かは分からないが、アオイ先生の言葉を聞くうちに、目を見ているうちに、何とかなるような気がしてくる。

アオイ先生ならば、どんな危機も乗り越えてくれる。アオイ先生ならば、私のことも救ってくれる。

無意識にそんなことを考えて、微笑んだ。

やっぱり、アオイ先生は凄い。私の英雄《ヒーロー》だ。

第五章　一　保護者面談

石畳を踏む、機械的なまでに揃った足音。金属のぶつかり合う高い音。そして、中心を進む大型の馬車を引く馬の足音。

無骨な音が合わさり、学院の前まで進んだ騎士団は一時停止した。先頭に立つ馬に騎乗した騎士がヒラリと地面に降り、受付へと歩く。

「王都より参った。陛下、レア王妃、以下近衛騎士四百名。入場したい」

「はいはい。朝一番の受付ですね。武器はこちらで全て預かりますよ。じゃ、一人ずつ名前の記帳をお願いしますね」

「む、一人ずつか……そのような時間をかけるわけには……」

「悪いね。決まりだからね。さぁ、台帳を貸し出しますよ」

そう言われてノートを預かり、近衛騎士は慌てて部下に名を書くように言った。

それから一時間後、フィディック学院に国王、ミドルトン・イニシュ・キルベガン一行が入場したのだった。


ドタバタと慌てる教員や学院スタッフ。面白がって遠巻きに見学に来る生徒達。

そんな混沌《こんとん》とした学院内を、国王一行は案内に従い歩く。

通路の先を近衛騎士達が確認しなくてはならない為、案内人は三人も付いている。その内の一人はスペイサイドだった。

冷や汗を掻きながら案内をするスペイサイドの言葉に、ミドルトンは鷹揚に頷きながら、鋭い視線を学院内に向ける。

「……随分と生徒が歩き回っているが、授業はまだなのか？」

「は、授業は後少ししたら始まります。午前中は学長と会談していただき、午後は授業見学も計画しておりましたが」

「む……今日我々を呼んだのはアオイ・コーノミナトという新任の教員であると聞いたが」

「は、はい。その情報で間違いはございません。失礼いたしました」

国王の言葉一つ一つに神経をすり減らしながら、スペイサイドは学院の二階にある応接室へと向かった。

重い両開きの扉を開けて応接室に入ると、中には三人掛けほどの革張りのソファーが四脚並んでおり、四方を椅子で囲むようにしてローテーブルが置かれていた。

そして、最奥のソファーにはグレン学長が座っており、その脇に立つ形でアオイの姿があった。

近衛騎士を二名だけ同行し、国王と王妃が応接室に入室する。

「よくぞフィディック学院にいらっしゃいましたな。歓迎しますぞ」

と、グレンはフランクに挨拶をする。それに近衛騎士二人が目つきを変えるが、片手で制して国王は口の端を上げた。

「変わらないな、グレン・モルト侯爵。貴殿が我が国にいてくれるだけで、他の五大国に侮られないで済むというもの。頼りにしている」

「はっはっは。ただの老いぼれに過分なことですな」

と、そんな砕けたやり取りをする二人を見て、王妃が笑う。

「まぁ、仲良しさんですねぇ。でも、お二人だけで話して先生をお待たせしては失礼ですよ」

やんわり注意する王妃に、二人はバツが悪そうに笑い、アオイを見た。

「む、君がアオイ・コーノミナトか。私はヴァーテッド王国の国王、ミドルトン・イニシュ・キルベガンである。今日は第二王子である我が息子、ロックスの話を聞かせてくれると聞いている。宜しく頼む」

ミドルトンがそう言うと、レアが隣に立つ。

「私は妻のレア・ベリー・キルベガンよ。今日は宜しくね」

と、レアは柔和に微笑み、ソファーへ移動した。ミドルトンとレアがソファーに並んで座り、アオイを見る。アオイは対面のソファーに一人で腰掛けた。

そして、二人を正面から見て真面目な顔で口を開く。

「初めまして。つい先日からこの学院で教員として働いております。アオイ・コーノミナトです」

「うむ」

自己紹介に鷹揚に頷くミドルトンに、アオイはこの日の主題を伝えた。

「今日は、高等部で魔術を学ぶロックス君のご両親のお二人にお越しいただきました」

「……む、そうだな。含みのある言い方に聞こえるが？」

ミドルトンが片方の眉を上げてそう尋ねると、アオイは頷く。

「はい。なので、お二人の国王や王妃といった肩書きを無視し、ただの生徒のご両親としてお話しさせていただきます」

はっきりとそう言ったアオイに、扉の前に立っていたスペイサイドの顔色が変わった。顔は強ばり、血の気が引いていくスペイサイドを見て、グレンがひっそりと苦笑する。

そんな中、ミドルトンは難しい顔で唸り、顎を引いた。

「……成る程。心して聞くことにしよう」

そう言うミドルトンに、レアは明るく笑う。

「大丈夫ですよ。ご学友の家の者や、側仕えの者からの報告は聞いているでしょう？　ロックスは真面目に勉学に勤《いそ》しみ、今では学院内でも天才なんて言われているって……」

嬉しそうにそう言うレアに、アオイは悲しそうな顔で首を左右に振って答えた。

「残念ながら、お母さん。それは違います」

あっさりと否定の言葉を口にされて、レアが固まる。同様に苦笑いしていたグレンとミドルトンの顔も固まる。

それに気付いているのか、いないのか。アオイはマイペースに話を続けた。

「ロックス君は確かに人並み以上の魔術の才能があるかもしれません。しかし、勤勉さには欠けます。もう少し真面目に授業を受けてほしいところですが、それに関してはまた別の話ですね」

淡々とそう告げるアオイに、スペイサイドが白目を剝きそうになる。

必死に意識を保とうとするスペイサイドを横目に、ミドルトンが渋面で口を開いた。

「……あの子は真面目に学んでいないのか？」

「はい。私が知る限り、他の生徒の勉強を邪魔するような場面もありました。もうロックス君に教えるのは嫌だという教員もおります」

「……何かの間違いではないのか。報告とは随分と違う内容だ」

そう答えるミドルトンに、アオイは「間違いではありません」と返事をする。

「そちらも問題ではありますが、今回伝えたかったのは別の件です」

そう言ってから、アオイは嘘偽りなくロックスの日々の言動や乱暴な振る舞いを二人に伝えた。

途中、スペイサイドが体調不良を訴えて退室したことを除いて、淡々とアオイが事実を報告する声だけが響く。

「以上です。何か、ご質問はありますか？」

そうアオイが聞く頃には、ミドルトンの顔は恐ろしい表情になっており、レアは泣きそうになっていた。そして、グレンはもはや無表情だ。

静まり返った室内で、アオイが一人頷く。

「ご質問はないようなので、今後の方針についてお話しさせていただきます」

「……ちょっと待て」

アオイが続けようとすると、ミドルトンが低い声を発した。それに、近衛騎士二人が冷や汗を流す。

「何でしょう」

確認すると、ミドルトンは苦々しい顔でアオイを睨んだ。

「……ロックスが虐めを行っている、そのシェンリーという子爵家の子ども。そちらがそもそもの発端だった、という可能性はないのか。その子からだけでなく、我が子からも事情を……」

「どのような理由があろうと、同級生に魔術を放って怪我をさせてはいけません。複数人で弱い者を追い詰めるなぞ、王族や貴族以前に、人として間違っています。また、自分が王族だからと獣人を馬鹿にしたり、下級貴族や平民を馬鹿にしてはいけません。教員相手に魔術を放つのも間違いです。違いますか？」

凍てつくような視線を向けてアオイが告げると、ミドルトンはぐっと顎を引いて口を噤んだ。

何も言えなくなったミドルトンを一瞥して、レアが泣きそうな顔で口を開く。

「あの子が女の子を虐めるなんて、とても信じられないわ。証拠はあるの？　六大国から注目を集める学院内で、王族の醜聞が広がれば、その国の影響力を下げることが出来るかもしれない。そう思う何者かがいる可能性だって……」

混乱気味のレアが涙声でそう訴えると、アオイは冷たく「いいえ」と否定の言葉を口にした。

「六大国の目があるからこそ、下手な策略は自らの首を絞めるでしょう。ただ、それでも納得出来ないというなら、証拠をお見せします」

ロックスが放った炎の槍が凍り付き、周囲を氷の世界にしたアオイの姿に、最初の目的を忘れて唖然とした顔で見入る二人。

そして、アオイは気にせず上映会を続ける。

応接室の壁面に映し出された映像では、ロックスがアオイを「化け物」と叫んでいた。

「このように、ロックス君は教師を教師とも思わぬ言動を……」

そう言いかけたアオイに、グレンが勢い良く挙手をしながら声を掛けた。

「はい！　アオイ君！　なんじゃね、それは!?」

グレンが飛びかかりそうな勢いで疑問をぶつけてきて、アオイは思わず身構える。両手を前に出して猫科の動物のような恰好をしたアオイは、眉根を寄せて口を開いた。

「……これは、水と火の初級魔術を合わせたオリジナル魔術です。どうしても私の視点からしか映像を転写出来ないのが欠点ですが、何とか改善出来る見通しは立っています」

「oh……」

アオイの、さも当然といった口ぶりに、グレンは頭を抱えて椅子にもたれ掛かった。

「また作っちゃった上に、更に改良出来るじゃと……本当に、なんなんじゃ、この娘っ子は……実は悪魔王とかじゃあるまいの」

「何か？」

「ナンデモナイゾイ」

二人がそんなやり取りをしていると、ようやく冷静さを取り戻したミドルトンが咳払いを一つして、映像を指し口を開く。

「……この恐るべき魔術については今は置いておこう。あの、ロックスが使った炎の魔術、あれが何か知っているのか」

真剣な顔で聞かれた内容に、アオイは軽く溜め息を吐いて首を左右に振る。

「知りません。しかし、推測は出来ます。あの魔術を使う際、ロックス君は手に持っている短剣に魔力を込めて、無詠唱で魔術を発動しました。つまり、あの短剣は魔力を込めるだけで魔術が発動する道具であると推測されます」

そう告げると、グレンが目を輝かせて顔を上げた。

「なんじゃと!?　それはまさか、失われた遺物か？」

驚愕するグレンに、ミドルトンが浅く頷く。

「その通りだ。それこそ、あの遺物一つあれば戦局を左右することも出来る。我が国にある四つの遺物の一つである」

と、ミドルトンは言った。それにアオイは何度か頷き、答える。

「……遺物」

そう呟くと、ミドルトンはアオイを見た。

「遺物の脅威は、魔力さえ十分にあるならば、誰でも中級以上の魔術を発動出来ることにある。それも、無詠唱で、だ。これは、時と場所を選べば要人の暗殺にも使えるのだ。遺物を多く持つ国は、例外なく戦に強い」

ミドルトンが言うと、グレンが目を細める。

「……遺物の情報は各国王家の秘匿するところじゃて。遺物があると分かっていても、何の属性の魔術か分からなければ脅威は薄れん。じゃが、アオイ君は突然現れた炎の魔術に、難なく対処してみせた。それも、水の上級魔術以上のもので、じゃ。これは……」

「その話はまた今度」

長々と続きそうなグレンの話を一刀両断。アオイは凜《りん》と背筋を伸ばし、映像を消した。

「今は、ロックス君の普段の言動と、乱暴な行いについて話し合いを行っています。戦争の道具などどうでも良い話です」

きっぱりとそう言い切るアオイに、グレンとミドルトンは目を丸くする。

静かになった場で、アオイの言葉が響いた。

「ロックス君の言動には、いき過ぎた王族の誇りが根幹にあります。王族は誰よりも優れ、それ以外の人間を見下しても良いと考えています。それは、お二人のご教育でしょうか」

異世界転移して教師になったが、魔女と恐れられている件
～王族も貴族も関係ないから真面目に授業を聞け～
1
井上みつる
Illustration 鈴ノ
初回版限定
封入
購入者特典
特別書き下ろし。
フェルターと一緒
※『異世界転移して教師になったが、魔女と恐れられている件①～王族も貴族も関係ないから真面目に授業を聞け～』をお読みになったあとにご覧ください。
EARTH STAR NOVEL

陽の光がポカポカと暖かい。空は雲ひとつ無い晴天で、時々優しい風が吹くのが心地良い。

学院内もどこか普段より平和な空気が漂っているような気がする。

「あ、アオイ先生ー！」

「こんにちは」

「こんにちはー！」

弾けるような無垢な笑顔と明るい声。ただ挨拶を交わすだけなのに、十代前半の可愛らしい少女達は宝石のようにキラキラと輝いてみえた。

学院内は広く、歩いて回っていると草花が咲き乱れる美しい庭園があった。確か、貴族出身の生徒が集まる場所だったか。規則として出身や生まれ、地位などによる差別は禁止されている。しかし、学院内は六大国の派閥のようなものがどうしても存在してしまっていた。

そして、ここはどうやらブッシュミルズ皇国の出身者が多い場所のようだった。ブッシュミルズ皇国の特徴の一つは、他国に比べて多様な種族が民として暮らしているところだろう。

その為、この庭園には獣人の貴族が多く見受けられた。

残念なことに、獣人は魔術が得意な者の方が珍しい為、私の授業に出ているのはシェンリーとフェルターの二人だけである。つまり、この場にいる獣人達と会話したことが無い。

私は庭園に疎らに井戸端会議を開いている獣人の生徒達を眺め、もやもやした気持ちになりながら芝生の上を歩いた。

芝生の上に寝転がったりして雑談する生徒たちの犬耳や狐の尾を見て、撫で回したくなるのを必死に我慢する。

ふわふわそうな毛並みの尾、ツヤツヤした毛並みの耳……どれも思う存分撫で回したい。

だが、初対面でいきなりそんなお願いが出来る筈もない。

溜め息を吐きながら、更に奥へと進んでみる。すると、急に人の気配が減るのを感じた。奥は木々が増え、周囲からの視界を遮るような空間になっている。

秘密の隠れ家を見つけたような気分で周りを見回していると、木製の大きなパークベンチがあることに気がついた。

そして、そこに一人の大柄な生徒が座っていることとにも。

「……フェルター君」

名を呼ぶと、背もたれに身を預けて座っていたフェルターが顔をこちらに向けた。

「……ぬ、アオイ・コーノミナトか。何故、ここに……」

こちらに答えるでもなく、フェルターが疑問を口にして眉根を寄せる。しかし、すぐに私から視線を外して顔を横に向けた。

まるで、私に気づかなかったとでも言うように顔を背けたまま動かなくなったフェルターを眺めつつ、歩をすすめていく。

近付くにつれ、フェルターの立髪のようなフサフサの髪から見える三角の耳がピクピクと動いているのが見えた。

フェルターは十代にしては強面な方だ。身長も大きく、その筋肉量からも威圧感が凄い。恐らく、同じ生徒たちからすれば睨まれるだけですくみ上がるほど恐い存在だろう。

そんなフェルターだが、意外にもきめ細かい毛は他の獣人の生徒たちと比べてもふさふさで弾力があるのだ。

だから、私が無意識に座っているフェルターの頭を撫でてしまったのは、不可抗力と言えるだろう。

ふわっふわの柔らかな毛を撫でた瞬間、フェルターはびくりと震え、素早く椅子から立ち上がった。

「……何をする」

「あ、突然すみません」

私は謝罪しながら、ベンチに座ってみた。

「……何故、この椅子に座る」

「ここしかベンチがありませんでした」

答えると、フェルターは小さな唸り声を上げてから周りを一瞥し、腕を組んで考えるような素振りを見せた。そして、諦めたような顔でベンチの端に座り、肘置きに寄りかかるようにして楽な姿勢をとる。

数秒間、無言の時間が経過した。

野良猫ならば、近くにいて干渉しない時間を経ると、徐々に気にしなくなるものだ。

フェルターの場合は、どれくらいの時間が必要だろうか。

「……耳を触っても？」

「何故だ。断る」

早口に否定されてしまった。

やはり、まだ早かっただろうか。野良猫の場合、毎日顔を合わせつつ、少しずつ距離を縮めていくのが定石である。

　餌も有効だが、野良猫の場合は自らが飼えない状態で行うとただの無責任となってしまう恐れもある。

　そんなことを考えながら、私は数十秒間静かに待った。

　そして、何処か遠くを見るフェルターの頭の上を見て、ピクピクと動く耳を眺める。

　無意識だ。衝動的に、私の右手はフェルターの頭の上目掛けて伸びていた。

がし。

　そんな音が聞こえそうなほどしっかりと、私はフェルターの耳を摑む。

　やはり、触りたいという想いと、逃すものかという執念ゆえだろうか。

「ぎゃあっ!?」

　驚き叫ぶフェルターの声を聞いても、私は手を離すことができなかった。

「は、離せ！」

「……もう少し」

「何がもう少しだ!?　呪いでもかけているのか!?」

　暴れるフェルターの耳を守る為、左手で頭部を摑んで固定した。

「ぐっ！」

　急にフェルターが冷や汗を搔いて動かなくなった。

　絶好の機会だ。

　片手ではあるが、ぐりぐりと撫で回し、耳をふにふにする。嗚呼、なんと雅な触り心地か。

「う、あぁああ……！」

と、悲鳴をあげるフェルターの姿に気が付き、ようやく冷静になった。

危ない。コンプライアンスに抵触する。

　そんな言葉が頭に思い浮かび、反射的に手を離した。

　直後、フェルターは私も驚くような速度で地を蹴り、地面を転がるようにして走り出した。瞬く間に小さくなっていくフェルターの背中を目で追い、これまで失敗してきた数々の野良猫との出会いを思い出す。

「……次こそは……」

　一人残された私は、小さくそう呟いたのだった。

尋ねられ、ミドルトンとレアは答えに窮する。

顔を見合わせて複雑な表情をすると、レアが苦笑しながらアオイを見た。

「……アオイさん？　善意で教えておくけれど、王族に対しての無礼は極刑と定められているのよ。あまり、強い発言はやめた方が……」

レアがどこか試すような目つきでそう口にしたのだが、アオイはむしろ睨み返して返答する。

「それが、ロックス君の勘違いを増長させています。王族とてただの人間です。貴族でない者を侮辱し、もし反撃を受ければ、あっさりと命を落とすことも考えられます。生徒としての教育もそうですが、他国の王侯貴族がいるこの学院でそのように敵を作っていくような行動は、王族としてどうでしょうか」

言ったそばから王族を王族とも思わぬ発言をしたアオイに、レアの表情から温度が失われた。

「氷の双刃《アサシンエッジ》」

小さく呟かれた言葉と同時に、大量の魔力が首元に集まる。

空中に三層の魔法陣が浮かび、レアとミドルトンの座るソファーの左右を挟むように巨大な氷の刃が出現する。見る者に震えが走るような、薄い丸みを帯びた刃を持つ曲剣だ。二つの曲剣の先はアオイの眼前に向いている。

それを瞬きもせずに見つめ、アオイは呟く。

「焦熱円天《フレア》」

アオイが口にした直後、空中に幾つも赤い軌跡が走った。赤い光の線は円を描くようにアオイの周りを飛来し、それに触れた巨大な氷の刃は瞬く間に溶けてバラバラになる。

「な、なん……っ!?」

興奮して立ち上がりかけたグレンを、アオイがひと睨みで止める。

「動かないでください。この赤い光に触れたら死ぬと思ってください。どうしても十秒間は消す事が出来ません」

そう告げられ、グレンは冷や汗を流しながらゆっくりと座り直した。

沈黙の空間で、アオイは絶句するミドルトン達を眺める。

「……失礼を承知で言わせてもらいます。今、お二人は死の間際にいました。ミドルトン国王陛下、レア王妃。お二人の王族という立場は、平民である私から命を守ってはくれなかったということです。もちろん、そんなことをすれば私はこの国を出て、他国に行くしかないでしょう。それこそ、ヴァーテッド王国と敵対する国に行き、戦争に加担することになるやもしれませんが」

そう言い終わる頃にはアオイの魔術が発動を終え、光も消えた。

数秒、沈黙が場を支配する。

そして、ついにミドルトンが口を開いた。

「……まいった。我々の負けだ。ただ、腹も立てただろうが、レアも君のことを思って助言したことは覚えておいてもらいたい」

「はい。分かっています」

答えるアオイに、レアは胸元からネックレスを取り出してみせる。

「貴女には、我が王家の秘宝も効果はなかったわねぇ。悔しいけど、これだけ完膚なきまでやられたら、清々《すがすが》しいくらいよ」

「私からも謝ろう。そして、ロックスのことは貴女に任せたい、アオイ殿。貴女の言葉は苦々しくもあったが、納得する部分も多々ある。今思えば、我が王家に強い忠誠心をもった者達にばかり教育を任せてしまった。己を崇《あが》める者ばかりでは、自らも神になったような心地になるやもしれん……悪いが、私が直接ロックスを罰すると、余計な噂や争いの原因になりかねぬ。手間をかけるが、ロックスに厳しく言えるのはアオイ殿だけだろう」

そう言う二人を見て、アオイは目を瞬かせた。

「……最初から、ですか。誰が発案ですか？　まさか、グレン学長も加担して私を試したのでは……」

視線を向けられ、グレンは貼り付けたような笑みを浮かべて視線を逸らす。

それを見て笑い、ミドルトンとレアが苦笑した。

「実はな、以前からグレン侯爵より報告はあった。まぁ、アオイ殿よりも随分と柔らかい内容ではあったがな」

「はい。少々、目に余るといった内容だったかと……ふふ。まさか、これほどまで厳しく言われるとは思いませんでしたね」

笑い合う二人に、アオイは拗ねたように顔を顰める。

「……それなりに緊張して挑んだのですが」

文句を言うアオイに、ミドルトンは不敵に笑う。

「許すが良い。ロックスを預けるには信頼出来る人物でなければいけなかった。これまでのやり取りで、アオイ殿はただ単純に生徒の行いを正そうとする根っからの教師であると知れた」

そう言って快活に笑うミドルトンと口元を隠して笑うレアに、アオイは深く溜め息を吐いたのだった。

◇

昼からの授業の見学にはアオイが付いていくことになった。

ロックスが出る授業は水の授業だった為、教員はスペイサイドである。

教室に入ると、緊張でガチガチになったスペイサイドが冷や汗を流しながら名簿を見て出席者を確認しているところだった。

「ほう。意外に人数がいるな。上級ともなるとかなり限られるかと思っていたが」

ミドルトンがそう言いながら中に入ってくると、生徒達の中で騒めきが起きた。

そして、最上段にいるロックスはミドルトンと一緒に入室してきたアオイを見て、口の端をあげる。

「それでは、今日は水の上級魔術の授業を行います。今回出席している生徒は、皆扱うことが出来る魔術の為、授業の目的としては詠唱を一小節短くすることを主題とします」

と、スペイサイドがいつになく丁寧に授業内容を説明すると、生徒達は若干面白そうにスペイサイドとミドルトンの顔を見比べた。

面白がられていると気付いて顔を引き攣らせるスペイサイドを横目に、最後尾で教室に入ってきたレアが頷く。

「高難易度の授業ですね。上級ともなると魔術が出来るだけではダメということですか」

その言葉にアオイが僅かに首を傾げていたが、スペイサイドはホッとした表情で話を続けた。

「まずは、通常通りの詠唱で魔術を発動します」

そう言って五小節の詠唱を行い、小さな水球を生み出す。水球は高密度の魔力が籠っており、多量の水流により鉄砲水を起こすことが出来る。

「この魔術は対象を指定して行使しなければこのまま消えます。では、皆もやってみましょう」

スペイサイドが指示をすると、皆は各々詠唱を始めた。

だが、ロックスは腕を組んで不敵に笑うと、勝手に口を開く。

「……スペイサイド教諭。ちんたらやっていては時間の無駄だ。そこに上級教員のアオイ教諭がいるではないか。二つに分けて教えては？」

ロックスはそう言って詠唱を始めると、三小節で魔術を発動させてしまった。

それに一部の生徒は素直に驚くが、ミドルトン達は眉根を寄せる。

水の球を空中に浮かべて笑みを深め、ロックスはアオイを見下ろした。

「それとも、アオイ教諭では教えられないと？　名ばかりとはいえ、上級教員ならば簡単かと思っていたが、勘違いだったかな」

いつになく調子に乗っているロックスはふんぞり返ってそんなことを言った。ミドルトンとレアの目が鋭くなっていくが、全く気がついていない。

「勿論、アオイ先生は俺やスペイサイド先生よりも短い詠唱で魔術を使えるんだろうな？　詠唱を密かにするのが上手いようだが、連続で別種の魔術をするなら皆の前で詠唱するしかあるまい。火の初級魔術を発動して、水の魔術を発動してもらおうか」

何故か上から目線で指示を出すロックスに、アオイは溜め息を吐き、口を開く。

「今はスペイサイド先生の授業中です。勝手に発言しないように」

アオイがロックスの主張を無視して大人しくするように告げると、ロックスは目を見開いた。

「なに？　今の言葉は俺に言ったのか!?　王族である俺に!?」

大袈裟《おおげさ》に驚いてみせるロックスに、ミドルトンの眉間の皺が深くなる。そして、レアの微笑みも凍りつく。

「……以前にも言いましたが、学院内では王族も貴族も平民も関係ありません。ロックス君は一生徒であり、私やスペイサイド先生は教師です。言う事を聞いて授業を受け……」

アオイが諭して大人しくさせようとしたが、ロックスは言葉を途中で遮って大声を出した。

「なんだと!?　平民の言う事を聞けと言うのか!?　このヴァーテッド王国の王族たる俺に!?　貴様は、その隣に立つ方を誰と思っている!?　知らないんだろう!?　教えてやろうか！」

アオイの注意に対して怒鳴り返し、声高々に自己の主張を訴え始めたロックス。それにアオイが口を噤んで深く溜め息を吐き、そして口を開いた。

「……行動封印《フリーズ》」

直後、魔術が行使されてロックスが棒のように固まった。その隣では、静観していたフェルターが腕を組んだまま鼻から息を吐く。

動けなくなったロックスを見て、ミドルトンは近衛騎士に指示を出す。

「連れ出せ」

「はっ！」

生徒達とスペイサイドが固まる中、ロックスは近衛騎士二人に抱えられて厳かに退場した。

ミドルトンはこれまでの騒ぎが嘘のような笑顔で片手をあげると、教室内に向けて声を出す。

「騒がせた。改めて、授業に集中してもらいたい」

それだけ言って颯爽と廊下に出ると、硬く重いものがぶつかり合うような鈍い音が響き渡った。

その後、レアが貼り付けたような微笑みを浮かべて一礼すると、廊下へと出て行く。

そして、手を叩くような鋭い音が響いた。

教室内に残された者達が唖然としていると、扉が開かれてレアが顔を出し、アオイを見る。

「アオイ先生。ちょっと来てくださる？」

「は、はぁ……では、スペイサイド先生」

「どうぞ、お行きください」

呼び出しを受けたアオイが確認すると、スペイサイドは何度も頷きながら了承した。

外に出てみると、輝かしい笑顔のミドルトンが固まったままのロックスの髪を片手で掴み、廊下の先を歩いていくところだった。

引き摺られるロックスを同情するように見つめるアオイに、レアが笑顔で尋ねる。

「近くに、誰も来ない場所はあるかしら？　出来たら防音のしっかりした場所が良いわね。あ、拷問部屋とかどうかしら」

「……拷問部屋ではありませんが、実験室は比較的頑丈で防音も出来ていると思います」

「実験室！　それは良いわね。さぁ、ご案内してくれるかしら」

と、レアは楽しそうに言い、アオイは頬を引き攣らせて頷いた。

「……こちらです」

そう言って歩いて行くと、レアがミドルトンに声をかけて呼びつけた。

「アオイさんが良い場所をご存知とのことですよ。頑丈な部屋で、防音も大丈夫ですって」

「む、そうか。それは良い。是非とも案内してもらおう。久しぶりに親子水入らずで話がしたい」

「えぇ、本当に」

そんな会話をする二人に、側に付いて歩く近衛騎士達は顔面蒼白である。

アオイは引き摺られるロックスを見て、そっと手を合わせたのだった。

◇

校舎裏に出て、まだ使っていない自分の研究室をミドルトン達に提供して、一先ず教室に戻る。

私に教育を任せたいなどと言われた気がしたが、まぁ教育は本来なら親が直接行った方が良いだろう。

それでも変わらなかった時は、私が厳しく教育するとしよう。

そう心に決めながら教室へと続く扉を開けると、皆の目が自分に向いた。

居心地の悪さを感じながらスペイサイドに頭を下げる。

「お騒がせしました。授業をお願いします」

そう告げると、スペイサイドは複雑な顔で頷き、生徒達を見た。

「……詠唱を一つ省略する場合ですが、中等部で詠唱の言葉一つ一つにそれぞれ意味があると伝えたと思います。その言葉を分解し、内容を保ちつつ文字を減らす必要があります。また、魔力を込める量も変化しますので、様々なパターンを試す必要があります」

そうスペイサイドが言うと、生徒達は一人一人が頷いて詠唱の分解を始める。

もう出来上がった三小節の詠唱を教えれば良いのにと思うかもしれないが、十人いれば十人分のやり方が見つかるのが魔術の難しさだ。答えが一つじゃない為、ようやく四小節で詠唱出来るようになった生徒が、学長ですら思いつかない発想をすることもある。

だからこそ、上級の生徒達は各々詠唱を省略する手法を練り、魔術の研究のやり方を学ぶのだ。

詠唱短縮に失敗しても、違う効果を発揮する魔術が完成することもある。その為、魔術研究者は各国に多くいる。

また、新しい魔術を生み出す糸口を見つけた者は、新たな魔術が完成するまで多くの苦労、苦悩をすることになる。魔術によっては広い土地が必要になるし、鉱石を用いた錬金に挑む者もいた。

今は教師に道を示してもらい、必ず解決する課題しか出されないが、自ら研究者となった者は終わりのない研究の道に足を踏み入れることとなる。

私はオーウェンの研究に協力していたから様々な魔術を学ぶことが出来たし、生み出すことにも貢献できた。

だが、根は研究者ではない為、苦労は理解できても気持ちは理解できない。

余計なことを言えば、学生の意欲を削《そ》ぐばかりか、傷付けてしまうこともあるかもしれない。

そう思って、授業ではあまり余計なアドバイスはしないようにしようと決めた。

私はスペイサイドの教える魔術を理解できていなさそうな生徒を見てみることにする。

最も苦戦しているのは、壁際に座る金色の髪をたてがみのようにした大柄の少年だ。

フェルター・ケアンである。

「フェルター君は水が苦手ですか？」

確認すると、フェルターは面倒そうにこちらを一瞥した。

「……特段苦手というような科目はない。だが、詠唱を減らすのは苦手だ。肉体強化なら得意だが」

面倒くさそうに言いはするが、フェルターは真面目に机に向かってはいる。ただ、ペンが進まないだけだ。

意外に真面目なのかもしれないなどと思いつつ、私はフェルターの隣に立った。

「どこが分からないのでしょう？」

「……分解が出来ていない。恐らく、この詠唱はこの……」

「ああ、これですね。これは水の球を発生、こちらは圧縮、こちらは圧縮と球形の維持の為の回転、そして、発動のきっかけの為の部分と、発動しなければ消えるといった部分です。それぞれ効果をバラバラに考えてみて、一緒に出来そうならしてみましょう」

「……なるほど」

私が簡単な解説を一つするだけで、フェルターはすぐに構成を理解してみせた。魔術言語は特異な体系だが、法則さえ理解出来ればどの魔術も一小節くらいは短縮することが出来る。

フェルターは賢いので、真面目にやればすぐにコツをつかむだろう。

そう思って微笑んでいると、ひそひそと声が聞こえてきた。

「おい、魔女が笑ってるぞ……」

「まさか、フェルターは呪われたんじゃ……」

大変失礼な会話が聞こえ、私はそちらを確認する。複数名が首が千切れそうな勢いで顔を逸らした。

じっと睨んでいると、スペイサイドがわざと咳払いをして注目を集める。

「……授業を続けるが、その前にコーノミナト先生」

「はい？」

名を呼ばれて首を傾げると、スペイサイドは無表情に口を開いた。

「今言った内容……もう少し詳しく頼みます」

◇

結果、気がついたらスペイサイドも生徒のようになっており、自身の研究の為に様々な質問をされた。

スペイサイドの質問は生徒達からすれば高度な内容だったが、それでも良い勉強の種になったらしい。授業が終わる頃には皆が何かしらのヒントを得ていた。

中には、詠唱が一気に二小節短縮することが出来た生徒もおり、ある意味授業は大成功である。

「……憎らしいが、確かに貴女の魔術の知識は底が知れない。私は私の研究の為、恥を忍んで貴女に教えを乞いたい」

「ご遠慮いたします」

「……一時間の講義で、金貨二枚でどうだろうか」

「ご遠慮いたします」

何故か授業が終わってからも、スペイサイドが側で延々と変なことを口走っている為、私は逃げるように断りの言葉を発し、その場を後にした。

廊下を進み、さてロックスはどうなっただろうかと研究室に向かう。

すると、研究室の周りに近衛騎士がずらりと並んでいる光景が目に入った。

「……あの、ロックス君はどこに？」

そう尋ねると、近衛騎士達は無言で研究室を指さした。

「もう一時間くらい経《た》ちましたよ」

確認の為にそう口にしたのだが、近衛騎士達は無言で頷くばかりである。

どうしたものかと思っていると、研究室の扉が開き、ふらふらと人影が現れた。

ロックスの筈だが、私にはそれがロックスとは思えなかった。

何故なら、僅か一時間で頬が痩《こ》け、腰は曲がり、怯えたような態度で周りを見ていたからだ。そして、私の姿に気がついた瞬間「ヒュ」と息を吸ったのか悲鳴なのか分からない音を発し、その場に座り込んでしまった。

あまりの変わりように、私は思わず手を差し出して声をかける。

「……大丈夫ですか？　いったい、何が……」

「ひぃ、ひぃぃいあぁああっ!?」

近付くと、ロックスは悲鳴を上げてバタバタと手足を動かし、後退りをした。

唖然としていると、研究室の中から満足そうに微笑むレアと大笑いするミドルトンの二人が現れた。

「む、お待たせした」

「ありがとうね、アオイさん」

二人に声をかけられて、私はロックスを横目に口を開く。

「……何故か、ロックス君が異常に怯えていますが」

そう尋ねると、ミドルトンは深く頷く。

「敵を増やし過ぎてしまった統治者の話を交え、もし横暴なまま変われなかったら、どのような未

来が待っているのか。細部までたっぷりと教えてやったのだ」

「怪我は私が治せるから、実地体験も交えたのよ」

二人がそう言って笑うと、ロックスはガクガクと震え出す。

「……やり過ぎでしょう」

私は呆れた声を出してそう言ったが、二人は全く気にしなかった。

第六章 ―― フェルター・ケアン

シェンリーが目を瞬かせ、何度も目の前の光景を確認している。

いや、シェンリーばかりではない。

周りの生徒も、何なら教師の筈のエライザですら授業の途中で固まってしまい、呆然と一点を見つめている。

一方、皆から注目を集めているロックスはただ黙ったまま、椅子に座り、前を見ていた。

授業が始まり、名を呼ばれれば返事をした。しかし、どこか覇気を感じない。

エライザは時々こちらの顔を確認するように見ながら、授業を再開した。

「……そ、それでは、授業を続けます。えーっと、土は形質の変化が多岐に渡る為、詠唱を省略したり、新しい魔術を生み出そうとする際、この岩という意味の魔術言語は変えることが出来ません。逆に、違う性質に変えたい時は少しずつ岩の部分を変えていけば、いずれ求める形質変化に辿り着く可能性があります」

そう口にした後、エライザは表情を引き締めて話を続ける。

「ただ、運が悪ければ新しい魔術を生み出す場合、どの魔術も何年もかかるものです。魔術の研究者は人気のある仕事ですが、なる人は覚悟を持ってやらなければなりません」

エライザが少し厳しい話をすると、皆が神妙な面持ちとなる。やはり、多くの生徒が魔術研究の道も考えているのだろう。

そんな中、ロックスの隣の席に座っていたフェルターが口を開いた。

「……魔術の研究には興味がないが、身体強化の魔術を自分の求める形に改良はしたい。今は何をして良いか分からないから、受けられる授業は全て受けている。何の魔術の研究でも良い。身体強化の魔術を改良するに役立つか？」

と、フェルターはとんでもない質問をし、エライザはどうしたものかと言い淀《よど》む。

「え、えぇっと……あ、そうですね。その質問は魔術研究の第一人者であるアオイ先生に聞いてみましょう！　きっと、素晴らしい回答が……！」

何を思ったのか、エライザは冷や汗を流しながら私を振り向き、そんなことを言い出した。皆の視線がこちらに向き、そっとエライザが頭を下げている。

完全に丸投げだが、まぁ仕方ない。

苦笑しつつ、私は土の魔術を行使する。

「鉱物加工《マテリアルクリエイト》」

そう言って、上に向けた手のひらに拳大の石を作り出した。

そして、その形を変えていく。

「この魔術は、形状の変化と材質の変化の両方を同時に発動しています。通常の岩弾丸《ロックバレット》では岩を作り出すだけですが、その詠唱の中には岩を生み出す為の材質固定の魔術言語が含まれています」

説明をしながら、石の形を人形に変える。軽い仕返しにエライザの形にしておいた。

それを見て、生徒達が感動の声を出す。

「材質固定の魔術言語は、材質変化に繋がる魔術言語です。そして、この応用は水の魔術にも使えます。水を氷にする、といった変化ですね。このように、別の属性の魔術とはいえ、無関係ではありません」

そう告げると、フェルターが何か言おうと口を開いたが、それより先にエライザが驚愕の声を発しながら走ってきた。

「ちょ、ちょっと待ってください!?　その魔術は!?　アオイさん、その魔術は!?」

物凄い勢いで迫ってくるエライザの頭を片手で押さえ、私は人形を差し出す。

「はい、どうぞ」

「わぁ!　ありがとうございます!　あ、私だ!?」

エライザは自分そっくりの人形に思わず驚いた。

それを横目に、私はフェルターを見る。すると、フェルターは不貞腐《ふてくさ》れたような顔をしながら再度口を開いた。

「……その石の形が変わる魔術が、身体強化の改良に繋がるということか？」

「はっきりとは言えません。例えば、身体強化と一口に言っても様々な種類があります。力を上げるもの、脚力を上げるもの、体力を上げるもの……後は、防御力を上げるものもありましたね。どれがどう関係してくるか。多数の選択肢がある為、簡単にはこれが正解ですとは言えないでしょう」

そう返答すると、フェルターは眉根を寄せて頷く。

「力を上げれば足が遅くなり、皮膚の硬質化をすれば柔軟性がなくなって動きが悪くなる。他も同じだ。何かを強化すれば、何かが反対に悪くなる。身体強化の魔術があまり使われない理由であり、研究者が少ない理由でもある」

言ってから、フェルターは立ち上がり、こちらに向かって歩いてきた。

そして、エライザの前に行き、手に持っていた人形を持ち上げる。

「ふん」

唸り、フェルターはエライザの人形を握り潰した。

「わ、私が……っ!?　私が粉々に!?」

悲鳴を上げるエライザを無視して、フェルターは私を見る。

「力があるだけでは意味がない。だが、もし弱体化する部分だけでも消せたなら、身体強化の魔術はもっとも戦闘に特化した魔術になる筈だ」

そう言って胸を張るフェルターに、何故かロックスが反応した。

「フェルター！　貴様、教師に何を失礼なことを……！」

その言葉に、思わず私も驚いて振り返る。

「ろ、ロックス君？」

驚愕するエライザの声が聞こえたが、ロックスはそれには応えずに席を立ち、こちらに歩いてきた。

「フェルター、謝罪せよ。学院内では、生徒の序列は低い。教師に失礼を働けば極刑もあり得るぞ」

と、ロックスは険しい顔で忠告し、フェルターは怪訝な顔をする。

「……お前は本当にロックスか？　俺の知るロックスは誰にも媚《こ》びぬ強い男だったぞ」

そうフェルターが告げると、ロックスは真顔でさらに一歩歩み寄る。

「謝れ。まだ間に合う」

ロックスが再度謝罪しろと言い、フェルターの眉間に皺が寄った。

「……俺は自分よりも強い者にしか従わん。俺よりも弱いお前と行動していたのは、お前が誰にも従わぬ強い精神を持っていたからだ。俺よりも弱い教師に謝れというお前は、もう俺の知るロックスではない」

珍しく、フェルターが怒気を込めて言うと、ロックスは舌打ちをして首を左右に振る。

「貴様はまだ、本当の恐怖を知らぬ」

それだけ言って、ロックスは自分の座っていた席に戻った。

「……それで、話の続きだ」

つまらないものを見るようにロックスの背を見た後、フェルターはそう言って振り向く。

「……魔術を学ぶ気持ちは良いけれど、教師に対する態度は確かに看過できません。誰が相手でも尊重する気持ちは大切ですよ」

「何故だ？　戦えば、俺が勝つ」

「それは野獣の理論です。相手が力以外の部分で貴方よりも優れていたら、最後には負けてしまうかもしれませんよ？」

「我がケアン家は武の力でのし上がった。戦って勝ってきたからだ」

と、フェルターは確固たる持論を持っていた。あまりに揺るがぬその意思と言葉に、なんとなくフェルターがどのように育てられたのか察してしまう。

そして、フェルターが見た目と態度を見てエライザを下に見ていることも。

「よし。それならば、フェルター君が自分より弱いと判断しているエライザ先生と戦ってみましょう」

私がそう提案すると、エライザが目を見開いて「えっ!?」と叫んだ。

◇

歓声が沸き起こる中、校舎裏の闘技場のような広場でフェルターとエライザが向かい合って立っている。

ちょうど授業終わりになったこともあり、暇を持て余した生徒が集まってしまった。

「……皆、暇なんでしょうか」

「アオイさん!? 話の流れで付いてきちゃったじゃないですか! なんで、私がフェルター君と……!」

エライザは隣に立つ私の肩を両手で摑み、がくがくと揺さぶる。

「もう戦うしかありません。頑張ってください」

そう告げると、エライザが涙目で頭を抱える。

「フェルター君は学院にきて負けなしなんですよ!? 中等部では教師にも勝っちゃったんですからね!? 負けた先生はショックのあまり退職して母国に帰ってしまったんですよ……」

「大丈夫。エライザ先生が本気になったら勝てますよ。コツは、相手の苦手な分野で勝負です」

アドバイスをしてみるが、エライザはがくがく震えるだけである。とはいえ、エライザの魔術を見る限り、まともに戦えばフェルターには負けないと思うのだが。

「……何をしているんだ」

と、そこへストラスが歩いてきた。

生徒達が騒いでいるのを見て駆けつけたようだが、ことの成り行きを聞いて呆れたような顔になる。

「……死ぬ気か?」

「私が言い出したんじゃないんですーっ!」

涙ながらに訴えるエライザの話を聞き、私に顔を向ける。

「……殺す気か？」

「勝てると思っていますが」

答えると、ストラスは腕を組んで唸る。目の前のエライザを上から下まで観察した。

「……俺も悪くはないと思うが」

「え」

と、何故かストラスの言葉に照れて赤くなるエライザ。それには気付かず、ストラスは私を見た。

「どう戦う」

「フェルター君は身体強化の魔術を使って近接で戦うのが好みなようです。なので、エライザには遠距離で戦ってもらいます」

「……それで、皆負けているのだが」

眉をハの字にするストラスに、口の端を上げて手を振る。そして、エライザの耳に顔を寄せた。

「ちょっと」

「はい？」

エライザは疑問符をつけながらも、私のアドバイスに耳を澄ました。

◇

「……もういいか」

フェルターが言うと、一人になったエライザが大きく頷く。

先程とは打って変わって、自信に満ちた表情、に見える。

「なんの助言をしたんだ」

「秘密です」

私達は観客と同様に闘技場の壁際まで移動してそんな会話をしていた。

と、そこへ白い髪の女子生徒が近寄って来る。シェンリーだ。シェンリーは慌てた様子で私のそばまで走ってきた。

「アオイ先生！　な、何があったんですか？」

心配そうに状況を確認するシェンリーに、頷いて答える。

「フェルター君がエライザ先生を弱いと侮っていたので、戦わせてみることにしました」

「アオイ先生が戦わせようとしてるんですか⁉」

吃驚《びっくり》するシェンリーに、私は笑顔を返した。

「大丈夫。エライザ先生が勝ちます」

「え⁉　勝てるんですか⁉」

と、シェンリーは心底驚いた顔でエライザを見る。

「……はじまるぞ」

そこへ、ストラスが戦いの始まりを察して教えてくれた。

まるでそれを合図にしたかのように、両方が魔術の詠唱を始める。エライザは後方に向かって歩きながら、フェルターはその場で静かに詠唱する。

流石に詠唱速度では負けられないと、エライザが先に魔術を発動させた。

「砂上の壁《サンドウォール》！」

エライザが叫ぶと、フェルターとの間に砂の壁が出来上がった。

そして、さらに新たな魔術の詠唱を開始する。

そうこうしていると、フェルターの魔術も発動した。

「力強化《パワーフォース》」

発動した瞬間、フェルターの体は薄い緑色の光に包まれる。光を発するフェルターは、一歩一歩砂の壁に向かって歩き出した。

徐《おもむろ》に腕を後方に引き絞り、前方に向かって飛び出す。

「ふん！」

気合いの声を上げて、拳を前に突き出した。フェルターの拳は勢いよく砂の壁に突き刺さり、砂の壁の一部を破裂させる。

「ひゃあ!?」

迫力ある光景にシェンリーが驚きの声を上げた。ストラスも目を見張っている。

「砂の壁だからあの程度で済んだな。岩の壁なら破片が飛んで反対側にいるエライザも危なかった」

「予定通りです。次が決め手になる筈ですよ」

そう言った直後、今度はエライザの魔術が発動した。

「砂嵐《サンドストーム》！」

エライザの声とともに、極小の砂嵐が吹き荒れる。大きさは五メートル四方に限定した密度の高い砂嵐だ。

視界はもちろん、まともに歩けるかも怪しい暴風がフェルターを襲う。

だが、フェルターは焦りもせずに両手を振り上げ、勢いよく振り下ろした。すると、フェルターの恐るべき力で地面の表面が破裂したように吹き飛んだ。

その勢いに、砂嵐は流れが乱れて風速も弱まった。その瞬間を見計らい、フェルターは一気に突き進み、砂嵐を抜ける。

「流砂《サンドフォール》！」

ちょうど同じタイミングで、エライザの魔術が発動した。

砂嵐を抜けてエライザの居場所を探そうとしていたフェルターが、沼にハマるように砂の中に沈んでいく。

「これは……」

初めてフェルターが表情を変えて両手を振り回して地面を掴もうとするが、触れる地面は水のように形を変えてしまい、脱出する取っ掛かりすら摑めない。

腕を使っての脱出は厳しいと判断したのか、フェルターは他の魔術を使おうと詠唱を始めた。

しかし、その隙を与えまいとエライザが初級の魔術を次々に発動させる。

「砂の球《サンドボール》！」

「ぐっ！」

初級とはいえ、流石のフェルターも食らいながらでは詠唱が出来ない。そして、詠唱を短縮する技術を持つエライザには魔術を発動する速度で敵《かな》わない。

文句なし。完全勝利だ。

しかし、フェルターは諦めなかった。ぎろりと音がするほどエライザを睨むと、頭を下げるようにして上体を倒す。

「っ！」

砂の球が頭に直撃し、僅かにフェルターの体が仰け反った。初級とはいえ、魔術の直撃である。思い切り殴られた以上の衝撃があった筈だ。

「あ!?」

思わず、エライザが悲鳴をあげてしまう。

その間に、フェルターは魔術の詠唱を行った。慌ててエライザも詠唱を始め、砂の球を放つが、フェルターはダメージを食らいながらも詠唱を続ける。

「脚力強化《レッグフォース》」

そして、フェルターの魔術は発動した。フェルターの体が白い光に包まれる。

「ぬ、ぁああっ！」

唸り、フェルターが何度かもがく。すると、地面が僅かに下がり、どんどんフェルターの体が砂の上に上がってきた。

そして、飛び出すようにしてフェルターは流砂から脱出を果たす。

地面に降り立ち、砂を払いながら怒気を孕《はら》む目でエライザを睨んだ。

「……ここまで戦い辛い相手は初めてだ」

「っ！　岩の壁《ロックウォール》！」

フェルターが攻撃の態勢に入る前に、エライザの魔術が発動する。

三メートルをゆうに超える巨大な石壁が闘技場を半分に仕切った。しかし、フェルターはそれを軽々と飛び越えて見せる。

「負けを認めろ」

フェルターがエライザに向かってそう言った。

「だ、ダメです！　私から降参は出来ません！」

涙目でエライザが怒鳴り、魔術の詠唱を開始する。

それにフェルターは短く息を吐き、走り出した。

「そこまでです」

二人がぶつかり合う寸前、私は一足跳びに二人の間まで行き、試合を止めた。

予期していたのか、フェルターはすぐに立ち止まり、拳を下ろす。

「……あ、アオイ先生」

私の登場で気が緩んだのか、それとも悔しさ故か、エライザが手を震わせて杖を落とし、涙目になる。

「申し訳ありません。私が、フェルター君の実力を見誤ってしまいました」

「ち、ちがいます！　私が、油断しなければ……すみません、アオイさん……」

肩を落として謝罪するエライザを見て、フェルターが舌打ちをする。

「……どうなっても俺が勝っていただろう」

「そうとは限りません」

私が反論すると、フェルターは私を睨み返す。

「……たしかに、相手が予想外の実力を見せたのは間違いない。だが、勝ったのは俺だ」

そう答えるフェルターに、私は仕方なく頷いた。

「……分かりました。怪我を治療します。その後は、私と戦いましょう」

そう答えると、フェルターはあの獰猛な笑みを浮かべた。

欠かさずにやってきた習慣。

そう尋ねられたら、私は迷わずに剣の道と答える。

魔術も勿論真剣に鍛錬し、精一杯打ち込んできた。だが、剣道とは別である。

剣道はもはや、体の一部と言っても良い。

だから私は、フェルターが戦いたいと言うならと木刀を手に相対した。

フェルターは素手である。

「武器の使用を認めますよ」

「……武器なら既に持っている」

そう言って、フェルターは拳をこちらに見せた。

まさかのナックルだ。メリケンサックとも言う代物である。長物の方が有利だとは思うが、このまま始めて良いものか。

そんなことを思っていると、フェルターは獰猛な笑みを浮かべて私を睨んだ。

「これは、これまで剣も槍もへし折ってきたミスリル製の代物だ。むしろ、そっちこそそんな木製の剣で戦うつもりか？」

「私は勿論これで十分です」

「なら、問題ない」

お互いが認めたことで、試合は開始だ。

誰の合図も待たず、フェルターは構えた。

「行くぞ」

「どうぞ」

私が答えた直後、フェルターは地面を蹴った。

器用にも、詠唱をしながら拳を振るってくる。私は木刀で正面からではなく、左右に打ち払うようにして拳を逸らした。

「脚力強化《レッグフォース》」

と、フェルターは一瞬の間をあけて魔術を発動。私に最後の拳を打って地面を蹴り、目の前から消えて見せた。

低い地響きが各所で響く。先程綺麗に整えたばかりの闘技場の地面にフェルターの足形が残った。

軽く三センチはめり込んでいるフェルターの足形に気を取られていると、左から攻め込んでくる気配を感じた。

「しっ！」

息を鋭く吐き、フェルターの拳を打ち払う。そして、攻撃の為に立ち止まったフェルターの腹部を蹴り抜いた。

「っ⁉」

息を漏らしながら、フェルターは後方に弾き飛ばされる。

「……身体強化か。光が薄過ぎて気付かなかったが、脚力を強化しているな？」

「脚力と防御力、そして腕力を強化しています」

そう呟き、フェルターに向かって移動する。無意識でも使えるようになったすり足は、脚力を強化していることにより信じられない速さとなる。

瞬く間に距離を詰められたフェルターは目を僅かに開きながら横に跳んだ。

それを即座に追いかけ、素早く木刀を地面と水平に振る。

かろうじて、フェルターの防御が間に合った。ナックル部分で木刀を受けつつ、後ろに二歩三歩と移動して衝撃を逃す。

勘がいい。

素直にフェルターの戦いの才能を褒めたくなった。

だが、フェルター本人は今の攻防が納得いかなかったらしい。素早く距離を取ると、詠唱を始める。

使うのは、一つだろう。

「力強化《パワーフォース》！」

力を強化したフェルターは、腰を落として構えた。

「その選択もある意味正しいです。速さでは勝てず、技術でも勝てない。ならば、逆転を狙って腕力で捩《ね》じ伏せる」

フェルターの心情を読むと、険しい表情がこちらに向いた。

「掛かって来い。反撃が怖くないならな」

わざとらしい。思わず笑ってしまうほど下手な挑発だが、そこで引いてしまえば、フェルターの心に逃げ場を作ってしまうだろう。

力が全てと思っているフェルターは、一度完膚なきまでに力で捩じ伏せなければならない。

ならば、真正面から相手をしなければならないだろう。

私は微笑みを浮かべ、一歩一歩踏みしめるようにフェルターに向かった。

フェルターは、力に絶対の自信を持っている。だからこそ、不利な状況で力を向上させ、真正面から殴り合いを挑むのだ。

拳を思い切り振りかぶり、フェルターは気合いの声をあげた。

獣の咆哮《ほうこう》のような声を発して、フェルターが私に拳を振るってくる。

それを、私は木刀の柄で受けた。

恐ろしい轟音を立てて私の足は地面に僅かにめり込む。衝撃を殺したというのに、相当な破壊力だ。

しかし、止まった。これで、あとは闇雲に攻撃するくらいしか残されていないだろう。

そう思い、返す刀でフェルターの腹部を打ち払い、弾き飛ばす。まるでボールのように勢いよく吹き飛んだ。

そして、フェルターはふらつきながら立ち上がり、初めて動揺を隠せなくなった。

「ば、馬鹿な……！」

叫び、地面を殴る。音を立てて地面が割れ、フェルターは顔を下に向けた。

そして、顔よりも大きな岩を手に持ち、こちらに向かって胸を逸らす。

「喰らえ！」

怒鳴るとともに、フェルターは大きな岩を恐ろしい速度で投げてきた。

高速で飛来する岩に、私は木刀を上から振り下ろした。乾いた甲高い音を立てて、岩は真っ二つになって分かれる。

これにはフェルターも唖然とした。

「な、何なんだ、お前は！」

焦りながらも攻撃の手を緩めないフェルターの攻撃を、私は全て斬り裂きながら前進していく。

「……遠距離攻撃に頼ってしまいましたね？　分かっていますか？　今の貴方は、一番弱いですよ」

残り二メートル。

そのくらいの距離でそう告げると、フェルターは歯を剝いて両手を振り上げ、私の頭上に振り下ろしてきた。

それを、私は木刀を捨てて受ける。

構えも武術的技巧もなく、ただ叩きつけるという行為に全身全霊で挑んだフェルターの攻撃だ。

それは物凄い威力だろう。

それを、私の魔術は反射した。

「物理反射《マテリアルリフレクト》」

小さく呟きつつ、両手のひらでフェルターの攻撃を受け止めた。

直後、フェルターの体は大型のダンプに撥ねられたみたいに上空へと吹き飛ばされる。

少し離れた地点に背中から落ちて、流石のフェルターも身動《みじろ》ぎ一つできなくなっていた。

それまで歓声や驚きの声をあげていた観客達も、フェルターのボロボロの姿に声を失っている。

一秒二秒して、ハッとなったストラスとエライザが慌てて動き出した。

「怪我を治療できる者は今すぐ集まれ！」

「だ、大丈夫ですか、フェルター君!?」

その言葉に、生徒達の内の何人かが走ってきた。

まぁ、元から頑丈なフェルターなら大丈夫だろう。脳震盪《のうしんとう》やら肩甲骨、鎖骨の骨折くらいはあるだろうが、手応えから命に別状はないと分かる。

視線を巡らせると、おろおろとするシェンリーの姿があった。

近づき、声をかける。

「さぁ、帰りましょうか。一緒にご飯食べますか？」

「え？　あ、あの、フェルター先輩は大丈夫ですか？」

「大丈夫ですよ。問題ありません」

答えると、ホッと安心した様子でシェンリーは頷いた。

「じゃあ、後で話を？」

そう言われ、私は首を左右に振る。

「いいえ。あれだけの惨敗後は、声を掛けて欲しくないでしょう。そう言うものです。経験上ですが、得意なことで負けたら精神的にきます。そうですね。一週間はフェルター君に会わないようにしてあげましょうか」

「……アオイ先生でも、負けたことがあるんですか？」

「ありますよ。何度も何度も負けてます。聞きたいですか？」

「は、はい！　聞いてみたいです！」

私達はそんな会話をしながらその場を離れた。

【ＳＩＤＥ：フェルター】

当初、魔術師として天才的な才覚と技術を持つ人物だろうと思い、そこまで気にしていなかった。

この魔術学院は、地位やコネなどは影響が少ない。全くないとは言わないが、世間からすれば異常なほどだ。

魔術の理解が早ければ王族を抜いて平民が飛び級することも出来るし、生徒同士のケンカがあれば地位に関係なく罰せられる。

ただ、それらも教師の采配次第である。貴族寄りの教師ならば、王族や上級貴族を優遇するようなこともあるだろう。現状そういう教師が多いから、実質貴族が優遇されている状況ではあるかもしれない。

見る限り、アオイは王侯貴族と平民の間に差を作らず、悪いと思えば誰が相手でも厳しく叱る。それが生徒だけでなく、先輩の教師を相手にしても同様だというから徹底している。

それで教師を辞めるように追い込まれるかといえば、真逆だ。新任でありながら上級の教師待遇であり、更には他の教師達も口を出せないような雰囲気になっている。

特に、この国の王族であるロックス・キルベガンを叱り付け、あまつさえ国王を学院に呼び付けたのが大きい。

まともな貴族ならば、自分が同じようになったら堪《たま》らないと震えたことだろう。国王が呼び出しに応じる応じないは別にして、家名に泥を塗るのは間違いない。

普通ならば自身の身を案じて実行できないものだ。誰よりも自尊心が強いのが貴族たる生き物だ。恥をかかされたとなれば、暗殺者を雇っての報復もあり得る。

それでも実行できるのは、単純に強い正義感と自らの実力に対する自信故か。

だが、それを裏付ける魔術の技量は噂に聞いている。まず驚嘆すべきは、誰もアオイの詠唱を聞いていないということだ。

殆ど発動までタメがないような速度で魔術を展開する。それは、俺自身が目の前で確認した。

会話の途中、素早く行動に移したロックスに、瞬く間に魔術を行使してみせたのだ。

つまり、最長でも一小節の詠唱で魔術を発動していることになる。

アオイの魔術師としての底の知れない実力のみならず、その王侯貴族を意に介さずに行動する分も含め、いつの間にか魔女という名称がよく使われるようになっていた。

首を摑んでしまえば何も出来ない魔術師なぞと思っていたが、それだけ短時間で魔術が使えるならば話は別だ。近接で戦うことも可能だろう。

さらに、本人に問うてみれば剣を使っての戦いまで出来るという。素晴らしい。

これほど高揚するのは久方ぶりだ。それこそ、学院に来る前に父と真剣で戦って以来だろうか。

そう思い、前哨戦《ぜんしょうせん》程度に考えてエライザ・ウッドフォードとの試合に挑んだ。

だが、近付けば終わりと思っていた戦いだというのに、全く近付けない。視界を奪われ、行動が制限される。更には捉えようのない流砂によって足の自由も奪われてしまった。

これまでの魔術師達との戦い方は皆、広範囲に広がる遠距離攻撃ばかりだった。だから、一度攻撃を防げば次の詠唱までに接近することが出来る。

接近さえしてしまえば、俺に勝てる奴はいなかった。

その思い込みがいけなかったのか。立場は逆転し、何とか詠唱しようとする俺は、数秒に一回もの速度で連続して飛んでくる砂の球に苛立ちと焦りを覚えた。

最終的には被弾覚悟で無理やり詠唱し、なんとか魔術の発動が間に合い勝利したが、辛勝もいいところだ。

本来なら、この惨憺《さんたん》たる状況でアオイと戦わせて欲しいなどとは言えないのだが、アオイは俺の意思を汲《く》んでくれた。

「私と戦いましょう」

その言葉に、何故か体が震えた。恐怖しているわけではない。ただただアオイと戦いたい。その思いだけの筈だ。

だが、戦闘が始まってすぐに、違和感に気がつく。

俺が本気で移動したなら、これまでの相手は激しく動揺して辺りを見回したり、俺の姿を目で追おうと必死になるのが常だ。

しかし、アオイは動かない。背後をとられても対応出来るとでも言うのか。剣は細い木の棒だというのに、立ち姿に迷いはない。

予測のつかないアオイの行動に、何故か苛立ちが大きくなる。

反応出来たなら良し。反応出来なければそれまで。

そう決めて、俺は攻撃に移ることにした。こちらの拳を剣で防がせれば勝ちだ。木製の剣なぞ、一撃で砕けるだろう。

そう判断しての突撃だったが、俺の拳はあっさりと弾かれてしまった。剣の腹で手首の辺りを叩かれ、更に足を横向きに突き出すような体勢で蹴りを受けてしまう。

直後、腹に衝撃が走った。

重く突き刺さるような鋭い蹴りだ。体を捻《ひね》る余裕もなく、真っ直ぐに吹き飛ばされてしまう。

呼吸が一瞬止まり、血の味が口の中に広がる。

「……身体強化か。光が薄過ぎて気付かなかったが、脚力を強化しているな？」

「脚力と防御力、そして腕力を強化しています」

苦し紛れにそう告げると、アオイはあっさりと頷いた。そして、信じられないことを口にする。

そんな魔術があるものか。

そう言ってやろうと思ったが、すでにアオイは動き出していた。

真っ直ぐにこちらに剣を構えた恰好で、地面を滑るように距離を詰めてくる。走ってはいないのに、尋常ではない速度だ。

後方に移動しても距離を削られるだけだ。ならば、その後の展開も考慮して、横に跳ぶ。もし、俺の居場所を見失えば背後をとることも可能だ。

瞬時にそれだけ考え、俺は横に移動した。一気に距離をとった筈なのに、アオイは難なく付いてきた。

続け様に剣を横向きにして振ってくるアオイに、何とか体を捻って拳を突き出す。恐ろしい衝撃を受けてたたらを踏み、ぎりぎりで倒れないように踏ん張った。

視線を外すわけにはいかない。

アオイを睨みながら後方に跳び、距離をとる。

今の僅かな攻防だけで、アオイの剣士としての技量が分かった。悔しいことに、単純な戦闘技術では勝てない。更には魔術込みとはいえ速度でも勝てない。

ならば、後は力で挑むしかない。

攻撃を受けながらでもいい。こちらの全力の一撃を当てる。そうすれば、あの華奢《きやしゃ》な体では間違いなく耐えられない。

慣れない挑発の言葉を発して真正面から来るように仕向ける。

易々《やすやす》と看破されてしまっているのだろう。アオイは微笑みを浮かべた。

だが、強者の余裕か、それでも真っ直ぐに向かってきた。

「……ありがたい」

小さく口の中でだけ呟く。

真っ向からの勝負だ。全身全霊を持ってぶつからせてもらう。

「ふっ！」

真正面から握り固めた拳を打ち込む。

しかし、届かない。拳は普通なら折れる筈の細い木の枝に受けとめられてしまった。

そして、アオイが両手をくるりと回したと思った瞬間、腹部に恐ろしいほどの衝撃が走った。

視界がブレる。地面が見え、空が見えたと思ったら、背中が地面に触れて転がる。

真正面からの殴り合いで負けた。

その事実が頭の中に浮かんだ瞬間、一気に真っ白になってしまった。がむしゃらに、バラバラに壊れてしまった自分を取り戻そうと暴れる。

魔術で対抗なぞ出来ない。近接戦でも負けた。

俺はどうしたらいい？

どうしたら、勝つ事ができる？

頭の中がぐるぐるとまとまらなくなり、何とかしなくてはと思って岩を投げつけた。

だが、その岩も木刀で斬り裂かれる。

化け物。

そう思った瞬間、戦いの高揚や焦りは、一瞬で恐怖にすり替わった。

岩を投げる。投げ続ける。

だが、アオイはすべて斬り裂いた。そして、着実に近付いてくる。

「……遠距離攻撃に頼ってしまいましたね？　分かっていますか？　今の貴方は、一番弱いですよ」

不意に告げられたその言葉は、まるで刃物のように心臓を切り裂いた。いや、そう感じるほど、心に突き刺さったのだ。

「ぬ、ぬぁあああっ！」

間近に迫ったアオイを見下ろし、息を鋭く吐いて腕を上段から振り下ろした。体重を乗せて放つ最大の打撃だ。

腕全体に広がる衝撃に確かな手応えを感じる。

いや、あまりに衝撃が返りすぎだ。岩を砕いてもここまでの衝撃はない。何が起きたのか。

そう思ってアオイを見下ろすと、信じられない光景が目の前に広がった。

武器を手放して、両手のひらをこちらに向けたアオイの姿だ。

華奢な女の手が、俺の拳を……！

そこまでで俺の記憶は途絶えたのだった。

第七章　悪い噂？

学院に来て一ヶ月が経った。

殆どの授業に顔を出し、様々な教員の教え方を見ることが出来た為、そろそろ一人でやってみないかと言われた。

「実践的なものが良いでしょうか。それとも魔術の概念や知識にしましょうか」

そう口にすると、グレンは悩んだ。

梅干しを初めて食べたとでもいうような顔になり、ようやく返事をする。

「……魔術の概念、知識で頼もう……っ！」

「……何故、そんな血を吐くような言い方で……」

良く分からないが、グレンからはそのような要望を受けた為、生徒達の魔術への理解を深める授業を行うことにした。

この学院では、魔術の知識や基本は初等部で学ぶらしい。十分な知識を得たか確認テストを各種類の魔術ごとに行い、それらが合格基準に達し、さらに初級魔術を合格ラインまで使うことができるようになったら中等部へと上がる。

その後は、基本的に様々な魔術を実際に発動、応用することを学ぶ。

なので、需要があるかは分からないが、中等部と高等部を対象とした魔術概論を行うことにする。

この学院では、授業は各教員の空いた時間を当てる。つまり、教員が主導で最大で九十分の授業の日時を決め、生徒はそのスケジュールに合わせて授業を受けるのだ。

それらは校舎に入ってすぐの壁に掲示されている。左側に初等部、真ん中に中等部、右側に高等部だ。授業名が書かれた銅の板を、マスで分けられた木の板に差し込んでいく形でスケジュールが埋まる。

ちなみに朝二回、昼二回の授業だが、同時に二つの別の授業がある場合もある。

つまり、朝一回目に火の魔術と水の魔術があり、どちらか好きな方を受ける。朝二回目は風の魔術のみ。昼の一回目は土と無属性魔術があり、昼の二回目は癒しの魔術のみ。

といった具合だ。

月曜から日曜まで授業は行われているので、生徒は自らが休む日も選ぶことが出来る。とはいえ、通常は自身の適性がある魔術を集中して学ぶ為、自ずと一週間のスケジュールが決まるだろう。

その中に私が授業の予定を入れて何人が参加してくれるか分からないが、精一杯やってみよう。

最低限、シェンリーは来てくれる気がする。

シェンリーは確か、水の魔術が得意だと言っていただろうか。

そんなことを思いながら校舎の入り口に向かい、一週間の授業の日程を確認する。

昨日、銅の板は作成した。授業名は基礎魔術概論と応用魔術概論である。

中等部は授業が多く、殆どの場所が埋まっている。対して、高等部は一日に二つか三つの授業しかない。

「……無難に、ライバルがいない時間帯が良いかしら」

そう思い、すっぽり空いた中等部の火曜日午前中一回目と、高等部の水曜日午後二回目と木曜日の午前二回目と午後二回目に授業を入れてみた。

一週間に四回しかないが、中等部と高等部のスケジュールで被りがないのはこの四箇所しかなかった。

だが、授業数よりも問題は別にある。

授業内容だ。

「……さて、魔術の基本を教えるとなると、やはり魔素と無生物の関係から……いや、それは初等部で習っているかも。それなら、新しい魔術の開発法とかが良いかな……」

色々考えながら振り返る。今日は予定がないから、エライザを探してみようかなどと思って顔をあげると、周りに人が集まっていることに気がついた。

生徒も教師もなく、殆どの人が遠巻きにこちらを見ている。

何事かと思っていると、三人組の女子生徒が恐る恐るこちらに歩いてきた。

「あ、あの！　この魔術概論って、アオイ先生の授業ですか!?」

「え？　は、はい。そうです。もしかして、興味がありますか？」

確認すると、三人の女子生徒ははっきりと頷く。

「わ、私達、アオイ先生みたいになりたくて！」

「絶対に授業に参加します！」

「します！」

三人のそんな言葉に、私はどこかホッとしながら答えた。

「分かりました。それでは、火曜日は宜しくお願いします。頑張って良い授業にしてみせますので、皆さんも勉強を頑張ってください」

「はい！」

私の言葉に、三人は元気よく返事をしてくれた。

良かった。これで生徒は最低でも四人は確保出来た筈。

そう思ってその場を離れ、エライザを探しにいく。

時間がぽっかりと空いたので、初等部で習う魔術の基礎知識などを教えてもらおう。そうすれば、自ずと自分が何を教えれば良いか分かる筈である。


寮に戻って探してみたが、エライザはいなかった。授業はない為、校舎にもいないだろう。

ならば、街の飲食店だろうか。

そう思ってふらりと以前行った高級店に足を延ばしたが、そこにはいなかった。仕方ないので、一人で高級ランチを食べて満足する。

学院に戻ってエライザの研究室の場所を聞いて見に行ってみたが、そこにもいなかった。

あったのは山積みの鉱石ばかりだ。

仕方なく、近くを通り掛かった教員に尋ねることにした。

「あ、スペイサイド先生」

「う……コーノミナト先生、か」

お互い微妙な顔をしてしまった。これがストラスとかならば気軽に聞けたのだが。

「……何か用ですか」

不貞腐れたような顔でそう言うスペイサイドに、こちらも何とも居心地の悪い気持ちで口を開く。

「エライザさんがどこにいるか、知りませんか？」

尋ねると、スペイサイドは目を一度瞬かせた。そして、少し意外そうに答える。

「裏の広場ですよ。知らなかったのですか？」

そう言われ、眉根を寄せる。

もしかして。

そんな言葉が浮かび、私はスペイサイドにお礼を言うと裏の広場へと向かった。

すると、そこには二人の人影があった。

ストラスとエライザだ。

二人は揃って地面を見て、何か言っている。

「だから、アオイのやり方は……」

「いえ、アオイさんの言う通りにやれば、たしかに勝っていたので……」

　二人はどうやら、先日のエライザ対フェルターの戦いについて考察しているようだった。

　地面には簡単に頭上から見下ろしたような図が描かれている。

「最初にフェルターが力を強化していたから良かったが、序盤から油断せずに脚力強化で攻めてきていたらどうなった？」

「えっと、脚力強化だったら、砂嵐を作ってから壁や落とし穴を設置、ですね」

「ふぅむ……それも厳しい作戦になるな。俺だったら、自分の周りを竜巻で囲い、破壊力の高い上級魔術の詠唱をするか」

　そんなやり取りを耳にして、私は頷く。

「それも正解ですね」

　私が答えると、二人はギョッとした顔で振り向いた。

「あ、アオイさん……」

　エライザが私の名を呼び、涙ぐむ。

　何事かと思ったら、唇を震わせて俯いた。

「ごめんなさい。アオイさんが折角勝てるように作戦を考えてくれたのに……」

　悲しそうにそう呟くエライザに私は微笑み、首を左右に振る。

　敗戦した当日はもう開き直ったような雰囲気で楽しく夕食を共にしたのだが、やはり引き摺っていたのだ。

先輩後輩問わず、様々な人の挫折を見てきた。その中で、挫折をバネに出来る人や、全く気にせずにまた歩き出せる人もいる。しかし、挫折を経験して壁の高さを知り、立ち直れずに折れてしまう人もいる。

エライザならば挫折をバネに出来ると思ってはいるが、もしダメならばそれはそれで仕方がない。全力でフォローして立ち直らせてみせよう。

「……エライザさんは研究者であり、魔術を教える教師です。実戦経験もあり、戦いに特化した魔術の使い方をするフェルター君相手では不利なのは分かっていました。ただ、エライザさんの魔術は戦い方次第では互角以上に戦えます」

「やっぱり、私が……」

どんどん落ち込んでいくエライザの肩に手を乗せて、顔を上げさせる。

「剣を学んだからといって、いきなり騎士と戦って勝てるでしょうか？　なんでも経験が大事です。フェルター君と戦う前と比べたら、エライザさんは格段に強くなっていますよ。もしも強い魔術師になりたければ、私が良い経験が出来る魔の森を教えます。三ヶ月でフェルター君に圧勝出来るようにしてあげましょう」

そう告げると、エライザは頬を引き攣らせて笑った。

「……え、遠慮しておきます」

エライザやストラスに初等部で習う魔術の基礎や知識について教えてもらい、なんとか授業内容を決めることができた。

緊張しつつ、私は予約した教室の前に立った。まだ五分前だが、準備をしていれば良いだろう。

そう思い、扉を開けた。

すると、一番前に座るシェンリーの姿があった。

「あ、アオイ先生！　おはようございます！」

「おはようございます、シェンリーさん」

挨拶を返しながら、教壇に向かい教室を眺める。

教室には、あの三人組の女子生徒達と、物静かな雰囲気の男子生徒が一人座っているだけだった。

三人組の女子生徒達はキラキラした目でこちらを見ている。

教壇に置いてある参加者名簿には、僅か六名の名があるのみだ。どうやら、まだまだ新人教員の授業は需要がないらしい。

だが、それでも六人、私の授業を受けに来てくれた。

私は顔を上げて、皆の顔を確認する。

「シェンリーさん」

「はい！」

全員の名を呼んでいく。

そして、最後の一人の名前を見た。

「ん？　フェルター君？」

「ああ」

私が名前を読んで首を傾げると、扉を開けてフェルターが姿を見せた。思わず目を瞬かせていると、フェルターは堂々と目の前を横切り、最前列窓側の席に座る。

「……身体強化のみではありませんよ？」

「分かっている」

私の言葉に、フェルターは鼻を鳴らして答えた。太々しい態度だが、どこか可愛らしい。これが、年齢通りのフェルターの姿なのだろうか。

ふっと、肩の力が抜けるのが分かる。

私は六人の生徒を見回し、簡単に挨拶をすることにした。

「私はアオイ・コーノミナト。特に担当は決まっていないので、今回は誰でも参加がしやすそうな魔術の知識、考え方などについて授業を行うことにしました。教師としては新人も良いところですから、皆さんも私の言葉で分からないところがあったらどんどん指摘してください。一緒に実りのある授業にしていきましょう。宜しくお願いします」

そう言って頭を下げると、皆から拍手が起こる。少し照れながら、皆に視線を向けた。

「それでは、皆さんも軽く自己紹介をお願いします」

「は、はい！　シェンリー・ルー・ローゼンスティールです！　メイプルリーフ聖皇国から来ました！　宜しくお願いします！」

元気よく挨拶してくれたシェンリーに拍手をすると、今度は三人組の女子生徒の一人が手を挙げて自己紹介をする。

「アイル・ヘッジ・バトラーです！　コート・ハイランド連邦国から来ました！　宜しくお願いします！」

朱色の髪の少女はそう言って頭を下げた。背が高めだが、何より名前と目に既視感を持つ。

「あ、コート君のご家族ですね？」

そう確認すると、アイルは嬉しそうに笑った。

「自慢の妹です！」

「自分で言わないでよ、アイル」

なるほど、兄妹か。私は笑いながら頷き、アイルに指摘をした隣の少女を見た。

「あ、私はリズ・スチュアートです。アイルと一緒にコート・ハイランドから来ました。宜しくお願いします」

ちょっとぽっちゃりとした水色の髪の少女はそう言ってお淑やかに一礼する。雰囲気のせいで年上に見えるが、恐らくアイルと同い年くらいだろう。

そして、リズに続いて三人目が口を開く。

「ベル・バークレイです！　二人と一緒でコート・ハイランドから来ました！　こう見えて得意な魔術は火の魔術です！」

薄い胸を張って自己紹介をした淡い金髪の少女、ベル。エライザのように小柄で細身だが、活発な印象を受けた。

一人一人に頷きながら、少し奥に座る猫背の少年を見る。暗い緑色の髪を目元まで垂らした大人しそうな少年だ。

「あ、はい……！　ぼ、僕はディーン・ストーンとい、いいます。カーヴァン王国から来ました。その、成ったばかりの男爵家の四男なので、き、貴族らしくはないです。は、はは……」

と、冗談か何か分からない一言を挨拶に加えて、ディーンは俯いてしまった。

皆から視線を受けて身を小さくするディーンに苦笑し、最後にフェルターを見る。

腕を組み、肩を竦めてフェルターが口を開いた。

「フェルター・ケアン。ブッシュミルズ皇国から来た。もしアオイに手を出そうとする者がいたら、まず俺のところに来い。以上だ」

「え？　どういう意味ですか？」

思わず聞き返す。まさか、知らない間に用心棒になってくれていたのだろうか。疑問に思っていると、フェルターは険しい顔でこちらを睨み、すぐに視線を外した。

「……我がケアン家では、自らに勝った者を尊敬し、その者の力を取り込むべく努力する。師事したり婚姻したり、だ」

「……特殊な家訓？　ですね。それで、フェルター君は私に師事する為に授業に……？」

「……そのようなものだ」

と、フェルターは居心地悪そうに返答した。

あまり慣れない空気に視線を彷徨わせると、シェンリーが扉の方を見て「あ」と声を発した。

振り向いて見ると、扉が外側から開かれ、どやどやと人が入ってくる。

「間に合ったか」

「アオイ先生！　授業終わってすぐに来ましたよ！」

「……失礼します」

と、ストラス、エライザ、そしてスペイサイドが姿を現した。

生徒共々唖然としていると、三人は空いた席に順番に座っていく。

「さぁ、始めてくれ」

ストラスは何事もなかったようにそんなことを言い、エライザも背筋を伸ばしてニコニコしている。

「……何故、皆さんが？」

尋ねると、ストラスは真顔で、エライザは笑顔で答えた。

「興味があったからだ」

「私もです！」

二人の返事を聞いた後に、スペイサイドの顔を見る。

「……名ばかりだろうと上級教員の授業は貴重です。期待を裏切らない授業であってほしいものですね」

何故か嫌みを言われた気がする。

私は溜め息を吐いてから、思わず笑った。

「……ふふ。それでは、授業を始めましょう」

そう言って視線を巡らせると、窓の外に顔だけ出したグレンの姿を発見してしまい、私は思わず頬を引き攣らせてしまった。

◇

「質問だ」

「……はい、ストラスさん」

もう何度目か分からない質問に返事をすると、ストラスは頷いて立ち上がる。

「魔力を練りつつ、詠唱を行うことによって魔力の形を変え、魔術名を口にすることで発動にいたる……そこで思念の力が多少の影響を与えることは理解しているが、それほどの効果があるだろうか?」

その質問に、生徒よりも教員達が前のめりになって耳を傾けた。

「詠唱は誰でも魔術が使えるように開発されたレールのようなものです。言葉にはそれぞれ意味があり、頭の中のイメージが足りなくても魔術を発動させるにいたる技術といえます。それは確かに凄いことですが、魔術の本質を理解してはいません。魔術は科学……いえ、自然現象や物理現象を理解していることが第一前提と思っています」

答えると、スペイサイドが怪訝な顔になる。

「魔術の威力がそれぞれ違うのはそれで説明がつくのかもしれません。しかし、詠唱の研究をしていくと詠唱の在り方で魔術の性質や威力が変わるのは事実。ならば、詠唱の仕方や魔力操作の差異が最も重要ではありませんか?」

と、この魔術学院では最も正解に近い言葉を口にした。それに頷いて同意し、私は魔術を実際に発動する。

「火球《ファイア》」

目の前に浮かび上がった小さな火の玉に、皆が一瞬驚く。

「これは、頭の中を空っぽにして、ただ必要最低限の魔力を用いた火の魔術です」

言ってから消し去り、今度はしっかりと頭の中で想像、仕組みを意識しながら魔力を練り込んでいく。

「火球《ファイア》」

そして、発動された火の玉に、皆が思わず驚きの声を上げた。

燃焼の仕組みを念頭に魔力を徐々に強くしていった結果、目の前には人一人を飲み込むほどの巨大な火の玉がある。

「同じ魔術で、これだけの違いが生まれましたね。つまり、仕組みを理解して、最大限の効果を得られるように魔力を……」

解説をしながら火の玉を消し去ると、皆の絶句した姿が目に入った。

◇

なんだかんだ言って、授業は好評だった。

皆から質問を受けたり、各魔術ごとに解説したりしていると一週間なんてあっという間である。

生徒の数は増えなかったが、来週は多少評判が口コミで広がるかもしれない。

そんな満足感と期待を胸に、私はストラスとエライザに誘われて打ち上げに行く。

「お疲れ様ですー！」

「お疲れ」

「お疲れ様です」

皆で挨拶を交わしてグラスを傾ける。ストラスは炭酸水で割った蒸留酒、エライザと私は果実酒だ。

「アオイ先生、初授業はどうでした?」

そう聞かれて、私は斜め上を見て考える。

「……そうですね。良い生徒に恵まれたお陰で、授業はとても順調だと思います。ただ、教員が毎回いるのが気になって……」

答えながら視線を戻すと、ストラスとエライザが視線を逸らした。

その様子に笑い、首を左右に振る。

「冗談です。初めての授業でしたから、仲の良いお二人が来てくれて緊張が解れました」

そう言って微笑むと、エライザが頬を赤くして笑った。ストラスは心なしか穏やかな顔になった気がする。

二人の様子に居心地の良さを感じつつ、私は口を開いた。

「皆さん楽しそうに受けてくれましたので、来週はもう少し人数が増えるか……楽しみです」

そう口にすると、二人はまた揃って眉尻を下げる。微妙な表情になった二人は、顔を見合わせてからこちらを見た。

そして、エライザが代表するように口を開く。

「……あの、一部の生徒が、その……」

「生徒？」

首を傾げると、エライザはどこか悲しそうに視線を彷徨わせる。

「……一部の生徒が、平民の授業を受けるなんて、と……」

「……平民？」

一部の単語を復唱すると、二人の顔が凍りつく。

「いや、俺が言ったわけじゃない」

「わ、私も言ってませんよ!?」

何故か異様に怯える二人に、私は溜め息を吐いて口を開いた。

「別に怒っているわけじゃありません」

「本当ですか？」

エライザがホッと息を吐いて言ったので、首肯を返す。

「もちろんです。平民なのは間違いではありませんからね。ただ、それが理由で授業を受けないというのは理屈が通りません」

そう言って、私は思わずグラスを握り潰した。エライザの「ぴっ!?」という奇怪な声を無視して、机を拭く。

「……魔術学院で魔術を学ぶ者が、何故教師の肩書きを気にして授業を選ぶのか。やはり、貴族意識というものが健全な学院の風紀を乱していますね。ちょっと、意識改革を行わねばなりません」

「……あの、一応、学院内の取り締まりは個人で勝手にやってはいけないというルールが……」

「授業と簡単な実験以外はグレン学長に話を通しておかなければならない。場合によっては別の人に取り締まりや注意、叱責を代理で行ってもらうこともある」

二人の説明を受けて、私は成る程と頷いた。

「教師、生徒問わず、同国贔屓《びいき》や貴族の派閥などを関与させない為ですね。それならば、まずは学長に話をしにいきましょう」

答えると、二人は何とも言えない顔で眉根を寄せる。

「……学長をあまり困らせるな」

「む、無理は言わないでくださいね？」

「約束は出来ませんが、分かりました」

一応断っておくと、二人は何故か黙禱《もくとう》したのだった。


週初め。早朝から学長室を訪れた。どうやら、学長室はそのまま学長の寝室なども隣接しているらしく、ある意味学長の家を訪ねるような気分である。

扉をノックすると中からグレンの声がして、扉が自動で開かれた。

一人掛けのソファーに座るグレンは、どこか上機嫌に片手を上げる。

「やぁ、アオイ君。おはよう。良い天気じゃな」

いつになくフランクなグレンは嬉しそうにそんな挨拶をしてきた。「おはようございます」と挨拶を返して中に入ると、グレンは小気味良く笑い、頷く。

「最初はどうなるかと思っとったが、国王も大変満足して帰って行った。なんと、あのレア王妃がアオイ君を気に入ってのぉ。珍しいことじゃぞ。レア王妃は滅多に公の場では口を出さず、にこにこしとるだけなのじゃがな。これはと思う人物に対しては自ら確認をする。良い悪いは別にしてじゃ」

そう言うと、グレンは指を順番に立てながら続ける。

「大活躍しとる今の宰相もレア王妃が良いと感じて口添えした人物じゃし、何年か前に反乱を企てる伯爵一派の動きを計画実行前に止めたのも王妃の功績じゃ。その王妃に気に入られるのは凄いことじゃよ」

「そうなのですか」

返事をすると、グレンは何度か頷いて笑う。

「うむうむ。お、そうじゃ。今日は何の用事じゃったのかの?」

「はい。今日は改めてお願いがありまして」

かしこまって話を切り出すと、グレンは愉快そうに笑いながら首を左右に振る。片手には何か淡い琥珀色《こはくいろ》の液体が入ったグラスを持っている。

「良い良い、何でも言いなされ」

そう言われたので、お言葉に甘えることにした。

「ありがとうございます。先週から私も授業を始めたのですが、どうも参加する生徒の数が少ないのです。最初は新人の教師ですからこんなものかと思っていましたが、どうやら貴族派とやらの一派が何かしていると聞きました。なので、貴族派を潰す許可をください」

「ぷぅーっ!?」

と、口にした瞬間、グレンは口に入れたばかりの琥珀色の液体を噴き出した。

「えほっ、うぇほ……っ！　つ、潰すまでしなくても良いと思うがの!?」

咽《む》せながら何とかそれだけ言ったグレンに、私は静かに首を左右に振る。

「この貴族意識が問題なのです。学院で学ぶのに、貴族だから、平民だからと言っていてはおかしいと思いませんか？　学長のご意見を」

「お、おかしいと思います」

同意は得られたので、話を続ける。

「勿論、首謀者を叩き潰す訳ではありません。嫌がらせをしているようなら、その企みを潰すのです。なので、まずは調査を行います。もしかしたら、高い身分でもって私の授業に参加しないように命令している人物がいるかもしれませんからね」

そう言って微笑むと、グレンは何とも言えない顔で唸った。

「……こりゃレア王妃に気に入られるわけじゃな」

「どういう意味でしょう？」

「ナンデモナイゾイ」

急にカタコトになったグレンに首を傾げつつ、私は一礼する。

「それでは。また調査で進捗がありましたら訪ねさせていただきます」

「承知」

グレンの妙に重苦しい返事を聞きつつ、私は学長室を後にしたのだった。

第八章　一　調査

授業はある程度皆決まった時間でやっているらしく、今週も前回のような時間配分となった。

あまり働けていないが、その分は研究して学院に成果を提出するとしよう。折角割り振られた研究室がある為、それを使わないのも申し訳ない。ただ、日本に帰る為には新たな知識を得てから試行錯誤しなくてはならない為、それはまたの機会となるだろう。

そんなことを思いつつ、私は一週間の時間割を確認する。

もし、貴族社会を学院内で反映させるなら、貴族としての地位はもちろん、学院内での立場も上でなければならないのではないだろうか。

ならば、怪しいのはロックスのように、高等部でも良い成績を出している王族といった者達だ。

しかし、ロックスはもうしないだろう。ストラスやエライザが言うには、人が変わったように真面目に授業を受けている。

困ったことに、生徒の情報などはまだ殆ど持っていない為、手掛かりを得るまでがまず問題だ。

さて、どうやって探ったものか。

そう思った私は、そういった事情に詳しそうな人物を当たることにした。

廊下を見回しながら歩いていると、目当ての赤い髪が見つかった。

「ロックス君」

声を掛けると、珍しく一人で歩いていたロックスが目を見開いて驚く。

「ぬぉ!? あ、ああ、アオイ……教諭か……な、何用か……？」

これ以上ないほど狼狽《ろうばい》するロックス。

怪しい。とても怪しい。まさかとは思うが、首謀者はロックスか？

そう思って見るせいか、額から汗を流しながら視線を逸らすロックスは異常に怪しく見える。こちらの顔色を窺《うかが》うようにチラチラと盗み見てくるのは、やはり後ろ暗い何かがあるのではないだろうか。

「……ロックス君。もし、何か隠していることがあるなら……」

「ない！　一切ないぞ!?　何故、疑うような眼で見る!?」

慌てるロックスを暫く眺めてみるが、どうやら嘘は言っていないようである。

もし裏から手を回して嫌がらせをするような人物であれば、ここまで分かりやすく動揺はしないだろう。

「……いえ、こちらの勘違いのようです」

「そ、そうか。いや、良かったぞ。本当に良かった」

露骨に安堵《あんど》するロックス。

それを見て微笑み、私は聞きたかったことを口にする。

「ところで、ロックス君。貴方ならば、この学院にどのような人物がいるか、知っていると思いますが……貴方以外に、王族やそれに近い身分の方はいますか？」

尋ねると、ロックスは怪訝そうに眉を顰《ひそ》めた。

「王族……？　言っておくが、俺にやったように王を呼びつけるような真似《まね》をしようというならば、止めておいた方が良いぞ。この国の国王は我が父ながら大雑把な性格でな。多少のことはあまり気にしないだろうが、他の国の王は違う」

「ああ、いえいえ。ご両親を呼んで説教をしなくてはならないほどの問題児は今のところロックス君だけです」

「………そうか」

私の言葉にズンと肩を落とすロックス。それを横目に、私は話を本題に戻す。

「それで、王族や関係者は？」

「……そうだな。では、初等部から……」

「あ、出来たら高等部でお願いします」

「むむ……？　ならば、カーヴァン王国公爵家のバレル・ブラックは知っているな。シェンリー同様、一足先に高等部に上がった。後は、メイプルリーフのハイラム皇子、グランサンズの公爵家、クラガン。後は……もう卒業出来る技量と知識を持っているが研究の為に残っているブッシュミルズのバルヴェニー殿。ああ、コート・ハイランドのコートもそういう意味では同格だな」

「……コート君？」

そういえば、彼も大貴族だという話だったか。物腰が柔らかく、丁寧な話し方をする為、すっかり貴族ということを忘れていた。

彼は最初の授業の後も時々廊下や食堂で会っては雑談をしていたが、まさか、そんなことはないだろう。

しかし、話は聞いておくべきだろうか。

「む、もう良いのか？」

考え事をしていると、ロックスが微妙に不服そうにそう言った。

「はい。ありがとうございました」

お礼を言って話の終わりを告げると、ロックスは口をへの字にして「そうか」とだけ言い、去って行った。

挙動不審だ。

「……耳が赤かったけど、体調不良？」

私は首を傾げながら、その場を後にしたのだった。

◇

色々と探し回ってみたが、結局コートは見つからなかった。

火曜日の授業前となり、仕方なく教室に向かって歩いていると、不意にフェルターと話すコートの姿を見た。

どこか険しい顔で睨み合うように会話する二人の姿に、私は早足で側に寄る。

「……ケンカをしてはいけませんよ？」

そう言って声を掛けると、二人は揃ってこちらを向き、すぐに顔を見合わせた。何か二人で意味ありげに頷きあい、コートが先にこちらを振り向いて答える。

「すみません。ケンカをしているわけではなかったのですが、ご心配をおかけしました」

コートにそう言われるが、私は思わずフェルターの方を見る。

「……本当ですか？　虐めてはダメですよ？」

「……虐めなどしない」

不貞腐れるように答えるフェルターを半眼で眺めてからコートに向き直る。コートは「虐め……」と呟きながら笑顔を引き攣らせていた。一瞬、フェルターの頭を撫でまわしそうになったが、今はコートと話すほうが先決だ。

「コート君」

色々と確認しようと名を呼んだが、コートは「あ」と声を発して手を合わせた。意外に古めかしいリアクションで何かに気がついたコートが、廊下の奥を指さす。

「もう授業が始まるのでは？」

「……後で、お話があります」

一瞬迷ったが、教師が授業をサボれるわけがない。私はコートに捨て台詞のような言葉を残すと、踵を返した。

　ギリギリで間に合い、すぐに扉を開けて教室に入る。

「遅くなりました」

　そう言って入ると、最初の授業から参加している生徒達と、何故か毎回同席しているストラスやスペイサイドら教師も席に座って待っていた。

「もう、アオイ先生おそいー！」

「いや、丁度です！　アイルったら！」

「あ、コート先輩!?」

　テンションの高い三人組の女子生徒達が騒ぎ、私は苦笑しながら教壇の前に立つ。

　そして、ようやく他にも一緒について来ていたことに気が付いた。

「コート君？」

　振り向くと、扉から片手を振りながら爽やかな笑顔を振りまくコートの姿が。

「参加、まだ間に合いますか？」

「はい、大丈夫ですが……」

　そう言って参加者名簿を見せると、コートは笑みを深めてさらさらと自分の名を記帳した。

　深く考えても今はどうせ確認できないのだ。私は開き直って授業を始めることにする。

　と、その時、コートが「あれ？」と声を出した。顔を上げると、コートはアイルを見て首を傾けている。

「アイル。何をしているんだい？　もしかして、前から受けていたのかな？」

そう優しく尋ねるコートに、アイルはつんとした態度で顔を背けてしまった。

いつにないアイルの態度に違和感を覚える。拗ねているようであり、怒っているようでもある。

しかし、コートは全く気にせずに適当な席を見繕って座った。

二人の態度に何か感じるが、気にしても仕方がない。

「……授業を始めます」

私はそう言って、皆の名前を呼んでいった。

◇

授業が終わる。今回も手応えはあったし、質問に来てくれるくらい熱心に聞いてくれる生徒もいた。

だが、私は申し訳ない気持ちいっぱいでそれを断る。

「大変すみません。後日、その質問に答えさせてください。今日は、ちょっとコート君に話がありまして」

そう言って女子生徒三人組に謝ると、アイルが目に見えてむくれてしまった。

口を尖らせるアイルをリズとベルが慌てて引き下がらせる。

これは後でもう一度話をしておいた方が良さそうだ。そう心に留めて、私は教室を出るコートを追った。

「ちょっと良いですか？」

そう言って呼び止めると、コートはいつもの優しげな笑顔を見せて振り返る。

「はい、御用ですか？」

きらきらした笑顔に思わず躊躇《ためら》うが、アイルの質問を断ってきたのだ。引くわけにもいかない。

「お話があります」

覚悟を決めてそう言うと、コートは首を傾げる。

「お話ですか。お食事の誘いでしたら喜んで」

「いえ、違います」

否定してから、眉をハの字にするコートを真っ直ぐに見て、確認した。

「……コート君は、私に何か隠し事はありませんか？」

含みを持たせてそう聞いたのだが、コートは思わずといった様子で笑い出した。

「ふ、ふふっ！　アオイ先生、その言葉は僕の国では意中の相手に何とか振り向いてもらう切っ掛けの台詞として有名なんですが……」

「意中の相手に？　何故、こんな言い方で？」

疑問を返すと、コートは「ベタな返事をさせていただきます」と前置きして、胸の前に手を持ってきた。

「隠し事なんてありませんよ。何か、誤解されていませんか?」

そう答えるコートに、私は何と答えれば良いか分からなかった。

「私は……」

何か返事をしようとした瞬間、風のように何者かが割り込んできて、コートの腹に体当たりした。

「ぐふっ」

細身のコートはくぐもった声を発してたたらを踏み、乱入してきた何者かはこちらに振り向く。

「ちょっと、用事がありますので! お兄様は連れて行きます!」

現れたのはアイルだった。

アイルは頬を紅潮させて怒鳴るようにそう言い、咳き込むコートを引き摺って去っていく。

そして、友達の二人が謝りながら駆け抜けていった。

「……な、なに……?」

嵐のような出来事に見舞われて、私は唖然としながら四人を見送ることしか出来なかった。

◇

「怪しい気がします」

私がそう報告すると、昼食を共にしているエライザとストラスが顔を見合わせた。

今になって思えば、普段のコートの行動や言動から外れた態度だった。あれは、もしかしたら私からの追及を逃れる為に……？

頭を悩ませていると、ストラスが呆れたように片手で自らの頭を掻きながら口を開く。

「いや、気のせいだろう」

そんな返事をするストラスを見上げると、エライザが困ったように笑い、説明してくれた。

「アイルさんは、お兄さんのコート君のことを凄く尊敬しています」

「良いことですね」

答えると、エライザは首を左右に振って溜め息を吐く。

「いえ、ちょっといき過ぎたところがあって……」

「え？」

「……以前にも言いましたが、コート君は高い身分でありながら誰が相手でも分け隔てなく接する珍しい貴族です。物腰も柔らかいですし、見た目も物語の王子様みたいだと人気なんです」

「……なるほど。改めてそう聞くと、女子生徒が殺到しそうなプロフィールですね」

ただの好青年かと思いきや、ハイスペックな好青年だった。しっかり高等部にいる辺り、魔術の技量もあるだろう。

アイルにとって、自慢の兄ということか。

「……でも、それに何の関係が？」

私が尋ねながら二人を見ると、エライザもストラスも素早く顔を背けた。

「何ですか？」

もう一度確認してみるが、二人とも答えてはくれない。勿論、二人の性格からして意地悪などではないだろう。

なにか、言えないような秘密があるのか？

「……まぁ、御兄妹のことですから、下手な深入りはしませんが」

他人の事情に余計な関心を持つのは良くない。

そう思って引き下がると、ストラスが席を立ち、食堂の外を指差した。

「アオイは学院に来て、日が浅い。たまたま通りかかっても仕方ないだろう」

「……？　何の話ですか？」

私が疑問符を浮かべると、エライザがころころと笑いながら立ち上がった。

「付いて来てと言っていますね」

中庭側へ移動していくと、段々と人の姿が疎らになっていった。

学院の南側は研究室だったり、専門的な施設が多いのだが、小さな公園のようなスペースもあるようだ。

　特に、奥側は少しずつ緑が増え、庭園のような場所もあった。

「暗黙の了解ですが、奥の方は高等部が使用します。そして、西のこの一角はコート・ハイランド連邦国出身の方が多いです」

　そう言って、奥に見える小さなスペースを指し示す。エライザは「やっぱり、同じ国の人で集まりたい人も多いんでしょうねー」と言いながら苦笑し、木々の隙間から覗き込むようにして何かを探した。

「あ、いました。アイルさん達です」

「む、珍しいな。コートもいるぞ」

「アイルさんにあのまま引っ張ってこられたんじゃないですか？」

　二人の会話を聞きながら、私も木々の隙間から中を覗き込んだ。二人が向く先には、確かにコート達四人がいた。向かい合い、何かの話をしているらしい。

　耳を澄まして聞いてみると、アイルがコートを問い詰めている状況のようだった。

「お兄様。アオイ先生と随分仲が良いのですね？」

「そうかい？　まぁ、僕としては仲良くしたいけど、まだあまり話せていないんだ」

「……アオイ先生をコート・ハイランドに連れて行くおつもりで？」

「いやいや、それは難しいんじゃないかな？　出来たら来て欲しいけどね。はっきり言って、コート・ハイランドのどの魔術師よりも優秀な魔術師だと思うよ」

「お兄様。そのような曖昧な気持ちで仲良くしてはいけません。もし、お兄様と婚約できるなんて思われたらどうされるつもりですか？　そうやって、私はもう何人も名家の子女の涙する姿を見て参りました。軽はずみな行動は謹んでくださいませ」

普段見ないほど丁寧な口調で訥々《とつとつ》とコートの罪を口にするアイル。その奥ではリズとベルが苦笑いだ。

一方、コートは無自覚なのか、首を傾げて困ったように笑っている。

なるほど。あれだけハイスペックで王族と同格の身分ならば、女子が夢中になるのも分かる。

その中には、片想いして失恋していく女性も多くいたのだろう。

なかなか、罪な男である。

「……ん？」

と、そこでようやく、私は重大な事実に気がついた。

アイルは、私がコートに片想いしていると思っている。

「あ、アオイさん……っ」

引き止めようとするエライザを振り切って、私は四人のもとへ早足に近づいた。

「あ、アオイ先生!?」

「まずいです！　逃げますよ、アイル!?」

リズとベルが慌てた様子で右往左往している。

そして、アイルは覚悟を決めたように険しい顔をして、私の前に立った。

「アオイ先生……本当にごめんなさい！　コート兄様は、アオイ先生を恋愛対象として見ていないのです！　思わせぶりな態度をとったと思うかもしれませんが、恨まないでください！　全ては、コート兄様が素敵過ぎるのが悪いのです！」

と、アイルは真顔で言った。いや、それどころか、本当に申し訳なさそうに言った。

私は頭痛が起きそうな頭を片手で押さえながら、アイルを見る。

「……私は、別にコート君を恋愛対象として見ていません」

「え？」

私の回答に、アイルは驚愕の顔を見せた。

◇

アイルの誤解を解き、私はコートに向き直る。

「なので、コート君のことは一生徒としか思えません。安心してくださいね」

そう言うと、コートは疲れたように肩を落として首を左右に振った。

「……安心……いえ、別に僕が傷付くのはおかしいとは思いますが、やっぱり傷付きますね……はぁ……」

どこか傷心気味な態度でそんなことを言うコートに首を傾げつつ、アイルを見た。

まだ信じられないという顔でこちらを見ているアイルは、どう考えても嫌がらせをした人物ではないだろう。

そう思い、事情を話すことにした。

「私がコート君に話しかけたのは、私の授業を妨害している人はいないか聞きたかったからです」

そう告げると、アイルは「ふぇ？」と生返事をする。

「アオイ先生の授業？　どうしてですか？」

不思議そうに聞き返してきたアイルに頷き、リズとベルの方を見た。

「お二人も、もし何かご存知でしたら教えてくださいね」

それだけ言ってからコートに向き直る。コートは先程までとは打って変わって神妙な表情になっていた。

「……アオイ先生はどこまで聞いていますか？」

そう聞かれて、首を傾げる。

「誰かが、私の授業を受けるなと言っているのではないか、くらいです」

溜め息交じりにそう言うと、コートは頷いてアイルを手のひらで指し示す。

「アイルは知らなかったか、気にもしていなかったかもしれませんが、既に高等部と中等部の生徒にはそれなりに知れ渡っています。アオイ先生が王族や上級貴族に睨まれており、授業を受ける生徒の名もチェックされている、と」

その言葉に、私は思わず眉間に皺を寄せた。

「授業を受けるも受けないも、個人の自由です。一部の貴族の圧力なぞで決めるものではありません」

「も、勿論です。僕もそう主張しています。ただ、余程身分の高い人物が言ったのか、皆が尻込みしてしまっています。フェルター君やロックス先輩は違うようですし……残りは、教師にも一目置かれているバルヴェニー先輩、ハイラム皇子くらいでしょうか。クラガン君やバレル君は僕よりも年下ですし、まだそれほど学院内に影響力は……」

と、コートは独自に調査していたのか、そんなことを口にする。

成る程と頷いていると、アイルが不機嫌そうに口を開いた。

「え、アオイ先生の授業受けるなって誰かが言ってるの？　凄く良い授業なのに！　最初はお兄様に擦り寄ってると警戒して様子見に受けたけど、今は普通に楽しみにしてるんだから。他のコにもオススメしてるんだけど、それで誰も来なかったのね」

アイルは分かりやすく腹を立てて文句を口にする。まさか、そんな理由で授業に参加していたとは……切っ掛けが酷すぎるせいで素直に喜べない。

まぁ、結果として熱心に受けてくれる生徒が現れたのだ。良しとするべきだろうか。

「……では、一先ずそのバルヴェニー君という方に会いに行きましょう。どちらにいますか？　もしかして、授業に？」

確認すると、コートは首を左右に振る。

「いえ、バルヴェニー先輩は基本的には研究室に籠りっぱなしです。ごく稀に、水の魔術の授業にだけ参加することがありますが」

「ば、バルヴェニー先輩の研究室ならすぐそこです！　案内します！」

「お詫びとしてですけどねー」

リズとベルはアイルの失礼な言動を挽回すべく、素早くバルヴェニーの研究室がある方向を指差して先頭に立つ。

二人が案内をする為に広場の外に向かうと、ストラスとエライザが隠れているのがバレてしまった。

「あれ？」

ベルが首を傾げながら二人を見ると、ストラスとエライザは気まずそうに出てきた。

「成る程。ここにアオイ先生一人じゃ辿り着けないですからね」

コートがそう言って苦笑すると、ストラスは腕を組んで頷く。

「バルヴェニーならば俺が時々研究を手伝っている。話を聞くなら一緒に行こう」

「ストラス先生が？」

アイルが不思議そうに聞き、エライザが代わりに答える。

「バルヴェニー君の研究は、天候操作だからですよ」

そのエライザの言葉が耳に残ったが、何も言わず、私は皆とバルヴェニーの研究室へ向かった。

バルヴェニーの研究室は小さいが、比較的新しい建物だった。一階建のこぢんまりとした造りだが、石と木を組み合わせた頑丈そうなものだ。

扉は木製らしく、ストラスがノックすると音が良く響いた。

暫く待っていると、ガラガラ声の返事とともに、扉が開かれる。

「はーい……どちらさん？」

ガラガラの男の声でそう言って、長髪の男が顔を出した。ウェーブのかかった暗いオレンジ色の髪の男だ。無精髭と細い枠縁の眼鏡を掛けているが、不思議と不潔な感じはしない。

バルヴェニーらしき男は私やアイル達を順番に見ると、ストラスで視線を止めた。

「……今日は随分と大所帯で。何かありました？」

バルヴェニーが面倒くさそうに聞くと、ストラスは無表情に頷く。

「新任のアオイ先生のことだが、彼女の授業を邪魔しようとしている人物がいるらしい。知っているか？」

「た、単刀直入ですね、ストラス先生」

「流石……」

コート達がストラスの正面突破っぷりに驚きを隠せない中、当のバルヴェニーは私を見て疑問符をつけた。

「新任？　獣人にも見えないけど、男爵位の四女、五女とかですかね」

と、大雑把な返事がきた。それに眉根を寄せていると、ストラスが「いや」とバルヴェニーの言葉を否定する。

「アオイは貴族ではない。それなりに話題になっていたと思っていたが、知らないのか。平民出だが、異例の上級教員として採用されたんだぞ」

「…………平民出の上級教員？　へぇ」

ストラスの言葉に、バルヴェニーは胡散臭そうに私の姿を見直す。

「……どっかの国の宮廷魔術師長でもないなら、グレン学長以来の大天才ってところですかね。それなら、一つ質問しても？」

「……質問？」

聞き返すと、バルヴェニーは口の端を上げた。

「天候を操作したいと思ってるんですがね、過去、既に実験で成功した魔術は何があるか知ってます？」

「晴れを雨にする祈雨魔術のみです。やり方は火、水、風の魔術を複合します。まずは十分な水を浮かべ、火で熱します。そして、風で気流を……」

私が解説していくと、バルヴェニーはポカンと口を開けたまま固まった。

バルヴェニーに起きた異変に首を傾げ、ストラスに助けを求めようかと顔を向ける。

ところが、ストラスやエライザも同様の顔で私を見ていた。

「ちょ、ちょっと待て！　祈雨魔術はどこかの国が秘匿している秘術と言われてるんだぞ？　何故、あんたが知っている？」

そこへ、バルヴェニーが興奮した様子で詰め寄ってくる。

肩を掴まれてがくがくと揺らされ、思わず苛立ちを覚えた。

「落ち着きなさい。雲の出来る仕組みを考えれば分かります」

「雲の仕組み？　雲が出来る理由か？　なんだ、教えてくれ。仮説はあるが、あんたから聞いてみたい」

「いや、ちょっと、今は……」

「なんだ？　今からやってくれるのか？　よし、何でも言ってくれ。手伝うぞ。個人的には雨を生み出すのだから、やはり水球が空に無数にあって……」

何度言っても揺らすのを止めないバルヴェニーに、私はついに拳を突き出した。

腹に一撃。水月やみぞおちと言われる人体急所である。

横隔膜に衝撃が走り、呼吸が出来なくなるのが特徴である。神経が集中しているのに肋骨《ろっこつ》などの内臓を守る骨がない場所であり、筋肉の量も無関係だ。特に斜め上から打撃を受ければ、筋肉質だろうが肥えた人物だろうが悶絶する威力となる。

勿論、バルヴェニーも同様であった。

「く、ふぅ……っ」

吐いたまま吸えない呼吸。背中まで突き抜けた衝撃に体を丸めて地面に蹲《うずく》るバルヴェニー。

思わずやってしまったが、もはや手遅れだろう。苦悶するバルヴェニーを見下ろし、私は口を開いた。

「……落ち着きなさい。分かりましたね？」

そう言うと、涙目で呻くバルヴェニーの代わりにエライザが乾いた笑い声と共に答える。

「……答えられないと思いますー……」

◇

バルヴェニーを物理的に黙らせた私は、ストラスを振り返る。

「彼は違うようです。謝罪は後日、私が一人で行いますので、ハイラム君という人に会ってみましょう」

そう言うと、ストラス達が小刻みに頷いた。

「ま、待っ……」

何か言うバルヴェニーに深く一礼し、私は踵を返した。

「こ、こちらです！」

「ハイラム先輩は風の魔術が得意なので、今日最後の授業を受けに教室にいると思います！」

何故か先ほどよりもテキパキ動き出したベルとリズが私の前を先導する。そして、隣にはコートとアイルが来た。

「お兄様は土の魔術を主に専攻してらっしゃいますから、あまりハイラム先輩と一緒に授業を受けることはないですよね。私はハイラム先輩と一緒で風の魔術が得意なので、よく授業が一緒になるんですよ」

「へぇ。もしかして、仲が良かったりするのかな？」

「いえいえ。挨拶する程度ですよ」

と、二人は仲良く会話している。

そこへ、エライザが不安そうに口を開いた。

「あの、バルヴェニー君はあのままで良いのでしょうか……仮にもブッシュミルズ皇国の第四皇子ですが」

「後で謝っておきますから」

「…………はぁ、もう知りませんからね」

エライザが肩を落として諦めの言葉を呟く中、私はハイラムのいる場所へと突き進む。

たまたま全員がこの時間は受ける授業がなかったのか、七人で学院内を練り歩き、目的の教室に辿り着いた。

到着したのは三階西側の教室だ。ちょうど終わったのか、生徒達が何人か教室を出てきた。

その脇をすり抜けて、教室に入る。

すると、コートが一番に例の人物を見つけ、片手を上げた。

「ハイラム先輩」

名を呼ぶと、女子生徒に囲まれた紺色の髪の少年が顔を出した。童顔からか、シェンリー達と同世代に感じるが、少年はコートに気付いて笑顔を見せる。

「やぁ、コート君。久しぶりだね。元気にしてた？」

「お久しぶりです、ハイラム先輩」

思い切りフランクな挨拶をしつつ、少年はこちらに出てきた。やはり、これがハイラムで間違いないらしい。

紺色の髪はツンツンと撥ねており、目も大きくて丸っこい。中性的な雰囲気で、ニコニコと笑う様子は人懐こくて親しみやすい。

周りに集まる女子生徒もハイラムを可愛い可愛いと言って持て囃《はや》している。

「僕に何か用事かな？」

そう言って、ハイラムは私を見た。

「……うわぁ！　アオイ・コーノミナト先生だよね⁉　会ってみたかったんだけど、中々時間が合わなくて……是非今度、授業に参加させてくれるかな？」

「あ、はい。私の授業は別に誰が受けても構いませんが……」

答えると、ハイラムは嬉しそうに私の手を取った。

「グレン学長の再来と言われるアオイ先生の授業！　楽しみにしてますね！」

と、ハイラムは大袈裟な態度で喜びを表現した。だが、恐ろしいことに子供のように無邪気な笑顔で言われると、思わずこちらも釣られて微笑んでしまう。

「……はっ。いえ、それは構いませんが、今日は別の要件で来ました。ちょっと質問をしても？」

私がそう聞くと、ハイラムは小首を傾げてみせる。

「スリーサイズ？」

「違います」

即否定すると、ハイラムはころころと笑った。

駄目だ。この少年はやり辛い。どうにもペースを乱されてしまう。

咳払いを一つして気を取り直す。

「真面目な話です。ちゃんと聞いてください」

「アオイ先生、面白いね。あまりイジられなれてないでしょう？　コツ、教えようか？」

「コツ？」

ハイラムの言葉に疑問符をつけると、また楽しそうに笑われてしまう。

「それだよ。まず、生真面目に一つ一つ答えない事。話す側になったら口出す隙を与えないか、必ず相手を答える側にする事。相手にされなかったら僕みたいなのは何も出来ないからね」

笑いながらそんなことを言うハイラム。

なるほど。マイペースにいけということだろうか。

「分かりました。覚えておきます」

そう答えると、ハイラムは笑顔で頷いた。

「うん、良いね！　応援してるよ、アオイ先生！」

「はい、ありがとうございます」

お礼を口にすると、ハイラムは笑いながら片手を振り、背中を向けて歩き出した。女子生徒達を引き連れて去っていくハイラムを見ていると、ストラスが溜息を吐く。

「……ハイラムが帰るぞ」

「……はっ」

私は慌ててハイラムの後を追ったのだった。

すぐに追い付き、中庭に出ようとするハイラムを呼び止める。

「あっはっはっは。やっぱりアオイ先生面白いね。好きだなぁ」

軽い調子でそんなことを言うハイラムに、私は若干怒りながら注意した。

「教師を揶揄《からか》わないでください。それで、聞きたかったことですが」

前置きをして、話を切り出す。

「私の授業が何者かに邪魔をされているそうです。何か知りませんか？」

そう言うと、ハイラムは笑みを消して目を細めた。

「……誰がそんなこと言ったのかな？」

作ったような笑顔に切り替えて、ハイラムはそう聞き返す。それに違和感を覚えつつ、返事をした。

「もしかして、貴方が？」

直球でそう尋ねると、ハイラムは不敵な笑みを貼り付ける。

「……そうだと言ったら？　平民出の新人教師が、メイプルリーフ聖皇国の皇子である僕に、文句でも？」

と、やたらと芝居がかった態度でそんなことを言うハイラムに、周りの女子生徒達が黄色い声援を送った。

「ハイラム先輩悪い顔ー！」

「コワ可愛い！」

謎の声援に、ハイラムは楽しそうに笑う。

そんな茶番を見て、私は溜め息を吐いた。

「……貴方ではなさそうですね。まぁ、可能性はゼロではありませんが、疑うのは最後に回します」

そう言って踵を返すと、ハイラムが声を低くする。

「僕じゃないのは正解だけど、もし本当に僕だったらどうしたのかな?」

「周囲に変な圧力を与えることだけ止めてもらえたら、それで十分です」

立ち止まって答えると、ハイラムはくすくすと笑った。

「他国の王族相手にその態度……噂は本当だね。僕も君に興味が出てきたよ。今度、本当に授業を受けてみようかな」

「教師と生徒という立場以外に身分や地位など必要ありません」

「ふぅん……そうかぁ。面白い考え方だよね。一度、食事でもどうだい?」

「……あまり気は進みませんが」

私の返事にハイラムは吹き出すように笑う。周囲の女子生徒達から睨まれている気配がしたが、対照的にご機嫌な様子のハイラムが独り言のように呟く。

「フォア・ペルノ・ローゼズ……我がメイプルリーフ聖皇国が誇る一流の魔術師だけど、意外に子供みたいなんだよねぇ。多分、急に出てきて話題を掻っ攫《さら》っちゃったアオイって女、フォアからすれば腹立たしい存在なんだろうなぁ……」

そう呟いてから、ハイラムは「やれやれ」と肩を竦める。

私は振り返り、ハイラムを見た。

「何か忘れ物？」

「……いえ、何でもありません。ありがとうございました」

一礼を返して、再び背を向ける。

ペースを乱されてしまったが、最終的にはハイラムに情報提供してもらう形となった。なかなか憎めない少年だ。

それにしても、まさかフォアとは思わなかった。ベテランであり、上級の教員だ。新任の教師程度を目の敵にするだろうか。どちらかというと、他人に興味が薄い印象があったのだが。

「……俄《にわか》には信じ難いですが」

歩きながら呟くと、コートが失笑する。

「まぁ、フォア先生の貴族主義は有名ですから、僕からすると納得のいく話ですよ」

と、コートは吐息まじりに言った。

貴族主義の上級教員。中々厄介な事になる気がするが、ひとまず、最も怪しい人物が浮上したようだ。

第九章 ── フォア・ペルノ・ローゼズ

授業の最中、廊下から教室の中を窺う。

ちょうど、フォアが一週間に一度行う授業が今日だったのは幸運だった。

ちなみに、貴重な上級教員の授業ということもあり、参加する生徒も高等部でも歳が上の人物が多いように見える。

水の魔術を教えているようだが、内容はそれほど難しくはない。恐らく、今日の授業を基礎にして今後応用を教えていくのだろう。

「……このように、水球《ウォーターボール》の省略していない詠唱には、実は上級魔術の鍵が隠されている。水を氷に変えたり、水流を一直線に放つことも出来るということだ。実際に、火や土の魔術の中には共通する一文もある。風は若干差異があるが、それらの共通点を正しく理解することで、新しい魔術を生み出す切っ掛けも得ることができる」

そう言って、フォアは詠唱を行った。

「……凍てつく細氷《ダイヤモンドミスト》」

口にした瞬間、教壇の周囲にきらきらと光を反射させる霧が掛かった。フォアを囲うように舞う白い霧は、触れる物を瞬く間に凍らせていく。

教室でどよめきが起こる中、フォアはすっかり白くなった壁や教壇を軽く叩き、説明した。

「これは私の独自に開発した魔術で、水の魔術の一種である。靄《もや》のように形がないこの魔術を防ぐのはかなり難しいだろう。また、今はこのように最小範囲で発動したが、最大だとこの教室全てを凍らせることが出来る」

「全て!?」

「あれが水の魔術だなんて……」

「確かに、咄嗟にやられたら防ぐ手段を考える前に凍ってしまうな」

生徒達は非常に感心した様子でフォアの話を聞いている。むむ、上級教員の授業はこんなにしっかり聞いてもらえるのか。何故か悔しい。

窓の端から歯噛みしながら見ていると、フォアが話の切れ目に溜め息を吐いて目を細めた。

そして、雑談のような雰囲気で話し出す。

「最近、新任のアオイ・コーノミナト教員の噂を良く耳にする。確かにいつ詠唱したのかも分からないほどの詠唱省略や上級の魔術を見せるのは、受けが良いだろう。だが、生徒が出来ないことを教えるのは、教員のすべきことではない」

と、私の話題が出た。あまり良い話ではなさそうだが……。

そう思って聞いていると、フォアはそのまま話を続けた。

「……平民出でその域まで達するのは、血の滲むような訓練があっただろうが、結局は天才といわれる人種だ。天才は、総じて凡人に物を教える力に乏しい。君達も、貴重な魔術学院の生活で、何を学び、何を得るのか。しっかりと考えて授業を受けるように」

そう言って、フォアはまた授業に戻った。

「……まさか、この言葉が原因？」

振り返って確認すると、ストラスとエライザは難しい顔をする。

唸る二人の横で、アイルがご立腹の様子で口を開く。

「間違いなくコレです。学院のトップである上級教員ですよ？　そのフォア先生が、実質授業を受けるなって言ってるじゃないですか」

口を尖らせて怒るアイルに、コートは曖昧に笑った。

「しかし、明確に受けるな、とは言っていません。全てフォア先生の思い込みからの助言です。恐らく、悪気はないのでしょうが……」

それにエライザが溜め息を吐いて首を左右に振る。

「とはいえ、上級教員であるフォア先生が口にして良い内容ではありません。特に、フォア先生の授業を確実に受けておきたい生徒にとっては凄い影響を与える言葉ですよ。あのしっかりと考えて授業を受けるように、という言葉は」

そのエライザの言葉に、皆がシンと静まり返った。

皆で話し合っている内に、もうフォアの授業は終わる頃だ。このままでは、フォアが帰ってしまう。

私は仕方ないと頭を軽く振って立ち上がり、教室の扉を開ける。

「ちょ、アオイ先生……!?」

エライザの悲鳴が聞こえるが、聞こえないフリをさせてもらう。

無自覚だろうが何だろうが、私の授業に影響は出ているのだ。それは伝えておかなければならない。

教室に入ると、フォアだけでなく、生徒達の目も一斉にこちらに向いた。

授業終了の鐘の音が、まるで合図のように鳴り響く。

「フォア先生、ちょっとお話が」

「……聞こう」

呼び出すと、フォアは素直に応じた。

教室内で生徒達が騒ぎ出した為、私は外を指し示す。フォアはそれにも応じ、廊下へと出てきた。

フォアは廊下に出て、ストラスやエライザを見た後、コート達を見て視線を止める。

「……君は、もっと聡明な子かと思っていたが」

その言葉に、コートは苦笑して短く息を吐いた。一方、私はフォアの言葉に片方の眉をあげる。

「……私の授業を受けることは、愚かなことでしょうか」

尋ねると、フォアは僅かに眉根を寄せた。

「愚かとは言わんが、時間の浪費であろう。糧になる授業、研究、鍛錬を密に行わねば、魔術師として上に上がることは出来ん」

「……フォア先生は、私の授業を見たことが？」

一応、確認をしてみる。しかし、フォアは当たり前のように首を左右に振る。

「ない。だが、実際に受けずとも推し量れるというもの。伝え聞く噂でも、上級魔術や卓越した詠唱短縮の話ばかり。そのような魔術、生徒にはまだ早い。教わる者のことも考えずに自らの技術をひけらかすような者など、私は教員と認めない」

そんなことを言われて、思わず笑ってしまう。フォアが怪訝な顔をしているが、それがまたおかしい。

「確かに、フォア先生の授業は高等部の生徒相手でも魔術の基礎から教えていて分かりやすいとは思います。しかし、それはあまりにも生徒の才能、素質を過小評価し過ぎです。もう少し難易度の高い魔術を教えても覚えることが出来るでしょう」

そう告げると、フォアは鼻で笑って馬鹿にするような目を向けてきた。

「私の言った通りだな。君は、平凡な者の気持ちが分からぬ人間だ。まぁ、試してみると良い。いずれ、君も分かるだろう。皆が自分と同じように出来る筈と思って教えていくと、結果が出ず、遅々として進まぬことに腹が立ってくることだろう」

言われて、こちらも腕を組み睨み返す。

「私のやり方で結果が出てから言ってください。まだ見てもいないのに決めつけられるのは些《いささ》か不愉快です。まずは、私の授業を受けてください」

そう告げると、フォアは明らかに不快そうに顔を歪めた。

「……先達への礼儀がなっていない。それも、平民故か」

「貴族なら、もっとゆとりを持って欲しいものですね。今のフォア先生を見て、誰が貴族と思いますか？　せいぜいが小者の成り上がり者としか思えない……」

「待ってぇ！　待ってください！　わ、わわ、私が悪かったんです！　だから、お二人とも止まってください！」

エライザが泣きながら私に抱きついてきた為、一旦口を閉じる。

すると、フォアの方も興が削がれたのか、視線を逸らして表情を平常に戻す。

「……そこまで言うならば、次の授業には私も参加しよう。どのような授業をしているのか、直接見させてもらう」

そう言って、フォアはこちらに背を向けた。

エライザは歩き去っていくフォアの姿を目で追い、力なくその場に座り込んでしまう。

「こ、怖かったです……」

涙しながら呟くエライザに、ストラスが浅く頷いた。

「上級教員は、この学院では学長の次に偉いからな。誰からも文句など言われない。フォア先生があれだけ感情的になるのも仕方ない」

ストラスがそう言うと、アイルが腕を振り上げて怒る。

「でも、あんな言い方は酷いと思います！　だって、アオイ先生の授業凄く面白いし、凄く勉強になるのに！」

怒るアイルを皆で宥めながら、私は次の授業について考えるのだった。

【SIDE：フォア】

魔術の腕は間違いない。

それは、噂を聞けば分かる。風の魔術も火の魔術も一流だろう。そして、水の魔術まで。

私も他の魔術は使えるが、自信を持っていえるのは水の魔術だけだ。

だからこそ、アオイ・コーノミナトの傲《おご》りが仕方がないものと理解出来る。あの若さで、魔術師のトップに並び立っているのだ。誰でも、自らを特別な人間と思い、何でもできるのだと勘違いするだろう。

しかし、それは間違いだ。

私とて同じ過去を持っている身だ。貴族ではあるが、吹けば飛ぶような領地の子爵家に生まれ、父も母も魔術師ではない。

たまたま魔術の才能があり学院に通うことが出来たが、その後は悲惨なものだった。

誰よりも魔術を深く理解する為に必死に勉強し、鍛錬を重ね、研究をやり尽くした。

そうやって、気が付けば学院の主席になり、そのまま教員の道が拓けたのだ。自分の努力は間違っていなかった。同じような努力をさせれば、誰もが一流の魔術師になる筈だ。それを成し遂げれば、私はメイプルリーフ聖皇国出身の教師の中で初めて上級教員になれるに違いない。

そして、数年間を無駄にした。家の事情もあり、結果を出そうと必死だった。だが、焦れば焦るほど、悪い結果に結びついていく。

最後にはブッシュミルズ皇国の公爵家の子息を怒らせ、あわや学院を追い出されるところだった。

そんな私も、十年経てば落ち着くことができた。誰でも分かる内容でなくば生徒には分からないのだ。

猿でも分かるように学ばせ、学院にいる間に一つ二つ上級魔術を使えるようになれば満点とする。そのやり方をしている内に、私は上級教員となり、家は伯爵へと陞爵《しょうしゃく》までしたのだ。

アオイ・コーノミナトのやり方では、そうはいくまい。

「……失礼する」

私は声を掛けて扉を開いた。教室に入ると、思ったよりも人数がいて驚く。

いや、生徒じゃない者も多いのか。生徒はコート、アイル、リズ、ベルの四人が固まって座っており、最前列の真ん中にはシェンリーがいた。他にはディーンと……驚いた。フェルター・ケアンか。更にはロックスまでいるではないか。

だが生徒はその七人のみだ。後は、ストラスやエライザ……。

「……君も参加するのかね。スペイサイド教員」

そう尋ねると、スペイサイドは居心地悪そうに視線を逸らして、窓の外を指さした。

「……学長も見学されますので、どのようなものかと思い……」

その言葉に驚いて窓に顔を向けると、素早く身を潜めるグレン学長の姿があった。

馬鹿な。学長はその役職通り、魔術学院で最も魔術に長じた人物だ。その学長が見学に？

いったい、この授業に何があるというのか。

私は頭を捻りながらも、後方の隅の席に座った。

アオイは私を見て名簿に視線を落とし、口を開く。

「これで全員ですね。それでは、授業を始めます」

そう言ってから、皆を見回して片手の手のひらを上に向けた。

「今日は、電撃の魔術です」

一言発して、僅かな間を空けて、すぐにまた口を開く。

「紫電球《ライオットト》」

直後、アオイの手のひらの上には直径五十センチ程度の淡い紫色の発光体が生まれた。爆《は》ぜるような音を断続的に立てて明滅する発光体に、皆の顔が一様に固まってしまう。

勿論、私も同じだ。

アオイは両手で球を摑み、左右に引き伸ばして見せた。細く伸びたそれは、まさに天より降り注ぐ雷の姿である。

私は思わず、立ち上がって口を開く。

「で、出来るわけないだろうが！」

言わずにはおれなかった。授業を終えるまでは黙っていようと思っていたが、我慢できない。それが恐怖からきているのかもしれなかったが、今の私には分からないことだった。

私が怒鳴ると、その雷を幻のように消し去り、アオイは口を開く。

「何故でしょう？」

アオイは淡々とそんなことを言ってきた。私は机を思い切り叩き、再び怒鳴る。

「電撃、雷の魔術の使用者は歴史上でも何人もいない！　一部で口伝されてきた秘伝の魔術とされているが、今は誰も使える者はいない筈だ！」

「過去の魔術は分かりませんが、この魔術は私のオリジナル魔術なので教えることが出来ます。現に、私の師匠は使えるようになりました」

「ば、馬鹿な……」

天才の戯言。

いや、もはや化け物の類か。

私は様々な反論の言葉が頭に思い浮かんだが、自分でも支離滅裂であると感じ、口には出さなかった。

力なく椅子に座り直し、背もたれに身を預ける。

教えられるものならば教えてみよ。

そう思った。

私が黙ると、アオイはまた無表情に皆の顔を見回し、口を開く。

「では、まずは雲の仕組みから話します。雲は空気中に含まれた水が空に上がり、気温の低い空の上で結晶化したことにより出来上がります。材料となる水は気温が暖かいと、川や海などの水源から多く上り、雲は大きく、分厚くなります」

そう言って、アオイは水の魔術を発動。手元に浮かべた水の球をどんどん霧に変えていった。

すると霧は上に上がっていき、教室の天井間際に集まって行く。

「これは擬似的に生成した雲です。密度が薄いので、これを厚くしていきます。今日はここまでやれたら十分かと思いますので、皆さん頑張りましょう」

アオイはそう言うと「では、詠唱を……そうですね、こんな感じでやってみましょう」と、まるで今詠唱の文言を考えたような言い方で説明した。

一つ目は水の生成と固定。二つ目は加熱。三つ目は上昇。四つ目は循環。五つ目は冷却。

魔力を調整しながら詠唱すると、確かに、アオイの使った魔術を小規模にしたような物が出現する。

実際に魔術を発動すると、自らの魔力の動きが感覚的に理解できる。詠唱には含まれていなかったが、どうやら冷やされた水は降りてきて、また熱せられることにより上昇するようだ。

「これが雲の仕組みです。出来る人は、この循環を水の量を増やしながら行っていきましょう」

アオイに言われて、実際にやってみる。不可能ではないが、かなり難易度は高い。これは殆どの者が脱落するだろう。

そう思い、周りを見た。

「む、難しいですね……」

「お兄様、想像力です！　アオイ先生の言った雲の仕組みをしっかり頭の中で描いてください！」

「……い、意外と簡単？」

「ディーン君、上手！」

「ふ、俺の方が早く大きくなるぞ、フェルター」

「……黙って集中しろ」

「ひぇ……！　シェンリーちゃん凄い！」

「リズ、集中しなさいってば」

だが、誰もが騒ぎながらも、見事に魔術を発動している。

いや、むしろ、一部の者は私よりも……。

驚きながらもストラス達を見ると、土の魔術しか使えないと聞いていたエライザすら、僅かに水の塊を作り出している。

「エライザ先生は、前に教えた水の作り方、性質を思い出してください」

「は、はぃいい……！」

「落ち着いてやれ、エライザ」

「ふむ、興味深い……これが雲、ですか」

適性のないエライザだけが苦戦しているが見る限り皆がしっかり魔術を発動している。

エライザすら、ストラスとアオイに助言を受け、暫くすると雲を作り上げてしまう。

「……なんだ。どうやっている？　同じように授業に参加し、同時に新たな魔術に取り組んでいるというのに……」

私は中々大きくならない雲を見上げ、ふと窓の外に目を向けた。

外では、豪雨を作り上げたグレン学長が滝のような雨に打たれながら、狂喜の笑みを浮かべて声を出して笑っていた。

【ＳＩＤＥ：アオイ】

フォアは意外にも素直に授業に参加していた。

途中、外でグレン学長が暴走していて目を奪われていたが、私のアドバイスもなく、言われただけで雲を大きくしていった。

あまりに学長が暴走するので窓を開けて叱り、学長が肩を落としたのを確認すると、私は教室内の面々を見る。

全員がそれなりに出来てきたが、これでフォアが納得するだろうか。

いや、まだ難しいだろう。

残り時間は十分もないが、もう少し詰め込んでみよう。

「さて、それでは今日のお浚《さら》いです。毎回、言っていることではありますが、魔術を使うには、物事の仕組みを理解せねばなりません。これまで土の魔術しか使えなかったエライザ先生が他の属性魔術を覚えたように、仕組みを理解すれば無属性魔術以外の全ての魔術を覚えることが出来ます。覚える時間に差異はあれど、今のところは全員がそれを達成しています」

そう言うと、フォアが目を見開いてこちらを凝視してきた。

やはり、フォアであってもそのことには気が付いていないのだ。

ならば、これは彼にとってとても有用な情報だろう。

私は微笑み、皆を順番に見た。

「それでは、次の授業で雷撃、雷魔術を覚える為にも、水の性質変化について復習してみましょう」

◇

「どうでしたか？」

授業が終わり、フォアに尋ねた。

フォアは考えるように、いや、言葉を選ぶようにこちらを見ながら口籠る。

「……私は、教員失格でしょうか」

確認すると、フォアは眉根を寄せて不機嫌そうに顎を引いた。

「……まだ分からん。が、今のところは、良い授業だった。次回も頼む」

それだけ口にして、フォアは背を向けて去って行く。

その後ろ姿に、廊下に出てきたエライザが眉根を寄せる。

「意地になっちゃってますよね、フォア先生。絶対、内心では吃驚してアオイ先生凄い！　って思ってますよ！」

「そうですか？　もし認めてもらえたなら嬉しいですが……」

「認めてますよ！　だから、次回も頼むなんて言ったに決まってます。多分、誰よりも早く授業を受けにきますよ!?」

「それは、単純にもう少し様子を見る、という意味では？」

エライザに返事をすると、次に出てきたストラスが浅く頷いた。

「大丈夫だ。フォア先生はああ見えて、意外に話せば分かる人だ。今すぐは無理でも、恐らく、内心ではもうアオイを認めている」

と、ストラスは太鼓判を押す。

まぁ、二人がそう言うならば大丈夫だろうか。また明日、授業があるから、それまで様子見をしよう。

そんなことを思いながら、明日の授業の内容を考えておくことにした。


次の日。教室には姿勢良く着席するフォアがいた。

皆が一瞬フォアを見て驚き、ちらちらと見ながら椅子に座る。

あまりにも普通に席についている為、私も思わず凝視してしまったが、フォアは無言で目を瞑り、静かに授業の開始を待っていた。

参加者の名前を呼んでいき、生徒全員の名を確認した後、私は口を開く。

「……それでは、授業を始めます」

そう言った瞬間、フォアは目を見開いた。

ジッとこちらを見ているフォアに若干の恐怖を覚えつつ、手のひらを上に向けて昨日の雲を作り出す。

「まずは、昨日のお浚いです。皆さん、雲を作っていきましょう。分からない人は言ってくださいね」

そう言って雲を作っていくと、なんと皆が昨日よりもかなり慣れた様子で雲を大きくしていた。

エライザでさえも、それなりの雲を作り出している。

「流石はフィディック学院。皆さん優秀ですね」

そう言ってから、私は雷の仕組みについて解説する。

「自らの魔力で雲を作った人は何となく感覚を覚えたと思います。水は気温などにより蒸発し、浮かび上がります。温度が高いと、蒸発した水は上昇の勢いも強くなります。これにより、夏の雲は分厚く、背の高い雲となるのです。この雲の中では、更に上空で冷やされて降りてくる水と、上昇する水とが擦れ合っています」

言いながら、分かりやすいように無数の極小の氷の粒を上下させて見せた。

その数と速度を増やして行くと、僅かに生じていた静電気が目に見えるほど増えていく。

「物と物がぶつかり合うと静電気という極小の電撃が生じます。この仕組みを理解して魔術に昇華したのが電撃の魔術です」

そう告げると、皆は雲を維持することも忘れて私を見た。

「……電撃の魔術とは、水の魔術の派生だったのか？」

ストラスからの質問に、私は首を左右に振る。

「水の魔術だけで出来ることは制御のできない雷雲を作り出すまでです。それも、実際にその環境に作り替えたわけではないので、魔力による循環と維持がなくなれば消えてしまいます」

そう答えると、ストラスは考え込むように唸り、代わりにスペイサイドが口を開く。

「しかし、それでは複数人で魔術を行うということになるでしょう。他者の構築した魔術に干渉するのは極めて難しいが、その話はこの際無視します。先日、アオイ先生は一人で電撃の魔術を発動してみせたではありませんか。つまり、一人でも電撃の魔術を発動するやり方があるのでは？」

スペイサイドの台詞に、フォアも顔を上げた。

私は皆の視線を受けながら、静かに常識について持論を口にする。

「……まず、一人が一属性ずつの魔術しか使うことが出来ないというのは、間違いだと思っています」

そう告げると、皆がざわめく。

その中で一人、ロックスが立ち上がり、口を開いた。

「……それは、王家に伝わる二属性同時発動《ダブル》のことか。いや、逸話でいうならば各地、各王家に伝わっているだろうが、電撃の魔術同様、今は伝説扱いに等しい筈……」

そこまで言って、ロックスはハッとした顔になる。そして、言葉の続きをシェンリーが引き継いだ。

「で、では……電撃や雷の魔術が失われてしまったのは、二属性同時発動が可能な魔術師がいなくなったから……？」

シェンリーの言葉に、皆が私の言葉を待つ。

ただ、問われても私もそこまでは知らない。しかし、ここ十年に限って言えば師であるオーウェン・ミラーズも電撃の魔術を会得している。

二属性同時発動が特別な才能を必要としているわけではない筈だ。

「……私が知る限りでも、二属性同時発動を可能にする魔術師は二人います。電撃の魔術に関してもそうです。恐らく、秘伝として語り継ぐ相手を選んでいたせいで失伝してしまったのではないかと推測します」

推測ですが、と自分の考えを語ると、コートが珍しく興奮した様子で立ち上がる。

「で、では、僕達も……？」

「恐らくですが」

そう答えてから、指を一つ立てた。

「実験のようになってしまうのは恐縮ですが、皆さんが電撃の魔術の基礎を習得することが出来たなら、それは実証されると思っています」

静まり返る教室内で、これまで黙っていたフォアが挙手をして疑問を口にする。

「……そのカリキュラムは、どのくらいの期間を考えている？」

「一週間です」

と、少し余裕をもって返事をしておく。

この優秀な生徒達ならば、恐らく後三回授業に出てもらえれば基礎くらいは学べると思っている。

だが、フォアは険しい顔で何か言おうと口を開いた。

しかし、窓に張り付くようにして教室の中を見ているグレンを横目に見て、首を軽く左右に振る。

そして、静かに自らの意思を伝えた。

「……承知した。引き続き、宜しく頼む」

第十章 ― 変化

次の授業でも、フォアは一番に教室で待っていた。

もう生徒達もエライザ達も、フォアの姿に違和感をもたなくなっているらしい。それぞれ近くの者と議論や談笑をしつつ、席についていく。

む、グレン学長の姿が見えないが、今日はいないのだろうか。このまま皆勤賞を狙っているかと思って……いや、いた。手前の窓の外に移動している。生徒達も気付いているが、見ないようにしているようだ。

まぁ、とりあえずこれで皆が揃った。

全員の名を呼んで参加者の確認を終えると、私は口を開く。

「では、授業を始めます。前回に引き続き、二属性同時発動のやり方をお伝えしましょう」

そう言って、授業を始めた。

前回、雲を大きくするやり方を更に発展させたのだが、この後の展開には二種類の方法がある。

まずは、雷雲を作り上げるまで、水の魔術のみで時間を掛けて発動を続ける。

もしくは、風の魔術を加えて二属性同時発動にて雷雲の生成を早める。

切っ掛けは与えた為、一つ目のやり方は毎日やっていれば各自覚えるだろう。だが、二つ目はその為の知識がないと難しい。

私は顎を引き、顔を上げて皆を見た。

「まずは、電気というものについて学びましょう。電気は実は様々な物に含まれています。しかし、純水と呼ばれる不純物のない水は電気を通しません。水の魔術で作り出される水も完全純水に近い純水であると思われます」

ちょっと難しかっただろうか。皆は何も言わずにこちらを見ている。

「……しかし、純水は水に溶ける物を高い溶解力で吸収します。その為、通常は水の魔術のみであってもやがて雷雲生成に至ります。とはいえ、効率が悪過ぎるという点が問題ですね。その為、二つ以上の魔術を同時に行うことで問題解消を図ります」

言った後、水と風の魔術を発動する。

「水と土の魔術でも雷雲作りを早めることが出来ますが、水と風の方が遥かに楽です。まずは詠唱を覚えてもらいましょう。しっかりと仕組みを理解して詠唱すれば、どの小節にどれほどの魔力を込めれば良いか分かる筈です」

言いながら、水の魔術で作り出した水球の温度を上げていき、風の魔術で循環速度を上げた。周囲を竜巻のように風で覆い、中心に向けて圧縮していく。

直径一メートルほどの水と風の球体だ。

球体内は瞬く間に静電気を溜めていき、外にまで放電を発するまでになる。

その迫力は恐ろしいほどだが、これは基礎の基礎である。

「……これが、電撃の魔術の入り口となる雷玉《エレクトリックボール》です。では、やってみましょう」

さて、フォアから怒られるか。そう思ったが、意外にも皆やる気のようだった。内心、少し驚きながらも、詠唱について教える。

「詠唱は水の生成、加熱、風の発生、加速、収束の五小節となります。通常の水の魔術や風の魔術の詠唱を持ち込むと十を超える詠唱になってしまいますし、反発してしまうでしょう。なので、この詠唱は一般的な詠唱とはかなり違う文言になっています。一語一語の意味を理解して、しっかりと詠唱しましょう」

そう前置きして、詠唱の意味と効果を説明していく。

最初は驚いていたが、すぐに質問が相次いだ。最終的にはフォアですら「なるほど」と言って素直に詠唱を開始する。

そして、一番に魔術としての形を成したのは、意外にも最も目立たない生徒、最年少のディーンだった。

「あ、アオイ先生！　見て見て!?　こ、コレ！」

外に向けて放電が始まった球体を掲げて、ディーンがパニックを起こしている。冷静な状態ならば、魔力の供給を減らしていき規模を小さくするだろうが、今はそれが出来ないでいた。

「魔力を収束に向けていってみてください。そうすると、電撃の魔術として更に威力を向上させることができます」

「え、そっちですか!?」

驚愕するディーンに近付いていき、若干不安定な球体を眺める。

「……規模の拡大は成功していますが、魔力の均衡が保てていません。加熱に力が入り過ぎていますね。ここまで育てば、あとは加速と収束に力の八割を向けたら勝手に大きくなります。暴走したら私が何とかします。さぁ、やってみてください」

「ぼ、ぼぼ、暴走……!?　だ、大丈夫ですか!?」

「ご心配なく」

答えると、ディーンは半泣きになりながらも、覚悟を決めた表情で魔力の操作に意識を傾ける。

中々コツを掴むのが早い。ディーンは実に良く電気の仕組みを理解している。これならば、次の段階にいくのも可能だろう。

と、そうこうしている内に放電量は増え、内在するエネルギーは相当なものになってきた。激しく明滅する球体だが、エネルギーの膨張が続いていく内に大きさの維持が難しくなってきている。

ディーンは滝のような冷や汗を流しながら何とか制御しようとしているが、流石に限界だろう。

「そこまでにしましょう」

そう言って、爆発寸前の球体に土の魔術を使う。

「避雷針《ヒライシン》」

金属の棒を出現させ、片方を地面に突き刺す。

バチバチと音を立てて、制御を失った電撃が避雷針に吸い込まれるように消えていく。全て魔力によってなりたっていた雷雲は、それだけで雲散霧消した。

消滅したのを確認して、ディーンは尻餅を付くようにその場にへたり込む。

「ひ、ひゃああ……緊張したぁああ……」

半笑いでそう呟いたディーンは、教室中の注目を浴びていたことに気が付き、息を呑んだ。

そんなディーンに、シェンリーが笑顔で声を掛ける。

「凄い、ディーン君！　どうやってそんなに早く出来たの!?」

シェンリーが近付いて尋ねると、ディーンは顔を真っ赤にしながら首を左右に細かく振る。

「え!?　い、いや、どうって言われても……！　そ、そそ、その、えっと……一直線に回転させるんじゃなくて、こう、何列か回転の向きを変えるっていうか……ほら、擦り合わせるって聞いたから、そうなるように……」

狼狽しながらも拙い説明をするディーンを見下ろし、エライザが目を丸くして呟く。

「……シェンリーさんと一緒で飛び級だけど、ディーン君の得意な魔術は土なのに……」

その言葉に、スペイサイドは眉根を寄せた。

「……それは、水の魔術を主に教えている私に対しての嫌みと受け取っても……？」

「違います！　でも、ごめんなさい！」

慌ててスペイサイドに謝るエライザだったが、その二人のやり取りにストラスが小さく頷いた。

「……確かにな。今日みたいな本当に新しい魔術を学ぶ時、俺達教師よりも生徒達の方が覚えが早い気がする。それも、得意不得意関係なく」

その言葉は、不思議とよく響いた。

私もそれに同意して、推測する。

「恐らく、下手に魔術の常識に縛られていないからだと思います。はっきり言って、教えられている魔術の基礎は私には回りくどく感じられますから」

告げると、フォアがこちらを見た。

「……どういう意味か。いや、意味は分かる。確かに、君の授業は我々とは全く違う。それは、新しい魔術だからではない。詠唱の考え方や、物事の仕組みを理解して想像することもそうだ。明らかに、我々とは違うもの……そして、詠唱の有無も……」

その質問に、私は顎に手を当てて首を傾げる。

「魔術の詠唱を覚えるのではなく、詠唱に使われる魔術言語を解明する。そこに焦点を当てて研究しましたから、そこが違うのかもしれません。後、私が魔術を使う際に詠唱しないのは、魔法陣の研究成果だと思います」

「魔法陣!?」

「……魔法陣を解明したのか？」

エライザとストラスが反応を示したが、フォアは気にせずに話を続けた。

「それこそ秘伝中の秘といえる技術だ。それを教えろとは言わない。だが、一度だけ見せて欲しい。もはや伝説に等しい、無詠唱魔術を」

その言葉に軽く頷き、何を見せたら良いのかと悩む。

まぁ、全属性を見せたら良いか。

そう思い、私は口を開く。

炎の槍、水の球、砂の壁を出し、更に極小の竜巻と雷撃、最後に癒しの魔術を形だけ発動させる。

本当ならば無属性の魔術もあるが、それは使う人が少ない為参考にならないと思い割愛した。

だが、かなりのインパクトがあったらしく、皆が絶句してこちらを見ていた。

「……アオイ教員。君は、どこまで魔術を極めている？　まさか、魔術の真理にまで達しているのか。魔導の深淵に……」

と、フォアが不思議なことを言い、こちらを鋭い目で見た。

教室内が静寂に包まれた為、仕方なく答える。

「どこまで、と言われても困りますが、指標とするなら、全属性上級魔術は無詠唱で行えます。後は、全属性それぞれオリジナル魔術を作成しました。ただ、魔術を極めたとは思っていませんし、いまだ研究中です」

そう告げると、ざわめく生徒達を無視して、フォアは質問を続けた。

「これ以上、何を研究する？　何を目指す？　更に強い魔術か？」

呆れたように聞かれて、私は肩を竦める。

「師は一瞬で目標地点に到着する瞬間移動の魔術を研究しています。なので、そのお手伝いが出来たら、とは思っていますよ」

本当を言うならば、元の世界に戻る魔術を研究しているが、それを口にするのは躊躇われた。その為、オーウェンの研究を口にしておく。

「……瞬間移動。なるほど、君に相応しい研究だ。むしろ、君にしか開発することは出来ない魔術かもしれないいな」

フォアは小さく呟き、一人で静かに頷く。

その時、授業の終わりを告げる鐘が鳴った。

「……では、今日はここまでとします。次回まで、皆さんは今日の魔術を個人的に使わないようにしてください。理解されているでしょうが、暴走の危険があります。なので、私が問題ないと判断するまでは、授業以外での使用を禁じます……グレン学長もですよ？」

そう言って窓の外を睨むと、放電に興奮するグレン学長が慌てて頷いた。

窓の外で片手で丸を作って愛想笑いを浮かべているが、怪しい。昨日の夜も謎の局所的豪雨が起きたらしいので、学長は監視していた方が良いのかもしれない。

いや、流石にそれは失礼か。

仮にも世界最高峰の魔術学院の学長である。分別はつく筈だ。

そう思い直し、この日の授業は終了とした。

次の日、学院内で雲もないのに雷が落ちたと話題になり、学長を呼び出す。

だが、雨に打たれた捨て犬のような目でこちらを見て頭を下げている学長の姿に、流石に厳しい言葉は向けられない。

なので、一言注意をするに留めた。

「次に言いつけを守らなかったら、新しい魔術は教えません」

「oh……」

両手を付いて全身で項垂れるグレン。

体調が悪いのだろうか。

まぁ、学長も歳には勝てないだろう。優しくしてあげよう。

「無理をしてはいけません。気になるでしょうが、私の授業を見に来られなくても大丈夫ですよ？」

「そ、そんな……！　ご無体じゃ！　頼む、それだけは待ってくれぃ！　今、めっちゃ良い所じゃないかの!?　ここで止められてしまうと、わしは夜も寝られん！」

「しがみつかないで下さい。セクハラは感心しません」

「ぬぁっ!?　も、申し訳ありませんですじゃ！」

慌てて離れ、謝る学長。

仕方がない。これ以上言うと虐めのように見えてしまう。

溜め息を吐いて、肩の力を抜いた。

「もう大丈夫ですから。それでは」

「お、おぉ……！　ありがとう！　ありがとう、アオイ君！」

大袈裟なまでに感謝されながら立ち去り、私は次の授業の為の準備に入る。

許可はもらっておいたので、闘技場のような広場の隣に一人で来た。

さて、作りはどうするか。やはり、最高硬度を目指すよりも自動修復のほうが良いだろうか。

大きさは、魔術の種類にもよるが、そこそこの広さは必要になる。高さは六メートル、横五メートルに奥行は十五メートル。これだけあると、大規模魔術以外はカバーできそうだ。

「石の防壁《ロックウォール》」

魔力を込めながらそう呟き、石の壁を一列作成する。高さ六メートル、横幅五メートルの壁だ。厚みは一メートル。通常の壁と考えれば十分過ぎるが、魔術を防ぐ防壁としては弱い。

なので、魔力を切らさずに防壁の維持をしながら、壁の表面に魔法陣を刻んでいく。

魔術を維持しながら魔法陣を描くのは尋常じゃなく大変だ。発動時ほどではないが、壁の形を最低限維持する程度の魔力を微調整しながら流し続けなくてはならない。微調整に失敗すると、壁の角などが欠けたり、ヒビがはいってしまったりする。

その魔力の調整を殆ど無意識レベルで行い続けながら、壁の中心に平面魔法陣を刻み込む。

これはオーウェン・ミラーズも苦手とした技だ。

「……簡単にして、硬度の維持と自動修復……使用するのは、施設内にいる者の魔力……いや、それだと、間違えて子供が入ってしまったら魔力枯渇で意識を失うかもしれない」

一瞬の思案。

外部から何か魔力を込めた材料を用意した場合、その供給が途切れたら機能しなくなってしまう。ならば、使用者の制限を設ければ良いか。

「上級の魔術を使用出来る者以外は入れないようにしましょう」

こうすれば、使用に足る魔力量を持つ者しか入ることはない。

「……よし、完成」

同じ要領で四方の壁を作っていく。出入り口は一箇所だけ。扉は簡単には開けられぬよう分厚い鉄板とする。

壁は白い石で長方形の建物だ。少々目立つが、すぐに馴染むことだろう。

「さぁ、後は来週の授業で実際に使ってみて考えましょう」

オーウェンと一緒に研究用の別棟を建てた以来で久しぶりに建物を建てた私は、満足して頷き、寮へと戻るのだった。

寮に戻ると、授業の関係で週末を休みに設定しているエライザと遭遇する。

エライザはハッとした顔で私を見ると信じられない速度で走ってきた。

「あ、アオイさん！　今日はずっとどこにいたんですか!?　探してたんですから！　さぁ、ちょっと私の部屋……いえ、アオイさんの部屋に行きましょう！　お話が……」

会った瞬間から賑やかなエライザに押されながらも何とか返事をしようとしたが、不意にエライザの背後に大きな人影が現れる。

人影は目を光らせて、エライザの頭を片手で鷲掴《わしづか》みにした。

「ぴっ!?」

エライザがびくりと震える中、突然背後に現れた寮長、グレノラ・ノヴァスコティアが口を開く。

「煩いよ、エライザ。静かにしな」

「は、ははは、はい！」

びしりと音がして、エライザの背中に芯が入った。直立不動となったエライザは、私を見てそっと口を開く。

「い、移動しましょう。静かに、素早く……」

そう言ってからグレノラに頭を下げて、エライザは私の背中を押して小走りに移動しようとする。

その瞬間、グレノラが目を細めて、呟いた。

「走ったら殺すよ」

「ひぇ」

声にならない声を発して、エライザは私を連れて移動したのだった。

何故か自室ではなく、私の部屋に来たエライザは上機嫌に室内を見回す。

「やっぱり、上級教員用の部屋は広いですね！　いつか、私も……！」

目をキラキラして部屋を見ていたエライザだったが、またハッとした顔になり、振り返った。

「そ、そうです！　今日は、折り入って頼みが……！」

「頼み？」

聞き返すと、エライザはその場で片膝をついて跪《ひざまず》き、両手の指を組んで祈るように顔の前に持ってきた。騎士の祈りのポーズのような恰好だが、子供のような見た目のエライザがやると可愛らしい。

「お願いします……！　私に、魔法陣の知識を！　少しでも良いので、魔法陣について教えてください！　師匠！」

「……師匠？」

初めての呼ばれ方に、私は首を傾げた。


正面のソファーに座ってもらい、一先ず紅茶を淹《い》れた。

ふわりと優しい香りが広がり、一気に室内が華やかになった気がする。

「お菓子がなくてごめんなさい」

「あ、いえ！　そんな気にしないでください！」

恐縮しながら紅茶の入ったコップを手にするエライザ。可愛い。

熱かったのか、口を付けてすぐにビクリとしている。可愛い。

「……それで、何故エライザさんが私に弟子入りを？」

改めて確認すると、エライザは居住まいを正してこちらを見る。

「……以前、お話をしたかもしれませんが、私は魔法陣の研究をしています」

そう前置きしてから、エライザは自身の研究について語る。

「グランサンズでは、魔術師になれる人材が少ない傾向にあります。もしかしたら、アオイ先生ならば平等に魔術師になる機会を与えることが出来るかもしれませんが、現状では改善の見通しはついていません。しかし、魔力は皆持っているのです。だから、魔法陣を復活することが出来れば、グランサンズでも皆が魔術を使えるようになるかもしれません」

「……確かに、魔法陣があれば後はイメージと魔力操作さえ出来れば魔術は発動しますね。ですが、今でも魔石に魔力を込めればそれなりの効果を持つ道具はあるのでは？」

「それは遺跡から出土する古代の魔術具とかではなくて、灯りや火を点けるのに使っている火の魔石とかのことですよね？　あれは生活を支える便利な道具ですが、魔術ほどの利便性や応用性はありません。それに、魔術の研究が遅れたままでは、やはり国力に差が出てしまいます。私は、祖国であるグランサンズをもっと豊かにしたいのです」

エライザは意思の籠った目で私を見つめ、真摯に国の為と語った。

その意思と想いは、どうにも無視出来そうにない。

私は微笑み、頷いた。

「……分かりました。では、微力ながら私が魔法陣について教えます。ただし、私も魔法陣は十年かけて学びました。簡単ではないと、覚悟はしておいてください」

そう告げると、エライザは輝くような笑顔になり「はい！」と返事をしたのだった。

◇

「これは……」

「私の記憶では、こんな建物はなかったかと思いますが……」

建物を見て、ストラスとスペイサイドが疑問を口にする。その疑問に、シェンリーが首を傾げる。

「アオイ先生が建てたんじゃないですか？」

その言葉に、皆が私を見た。

「はい、昨日」

答えると、沈黙が場を支配した。

どうやら納得してもらえたらしい。安心した私は扉の前へ移動した。

「何事もなかったように先に進むな！」

「アオイさん!?　一晩でこんなの作ったんですか!?」

ストラスとエライザに驚かれ、私は眉根を寄せる。二人はどうも私を問題児のように扱うから困る。失礼な話だ。

「きちんと、学長の許可はいただいています」

「そういう話では……」

がっくりと肩を落とす二人を横目に、フェルターが肩を竦める。

「……いつものことだ」

そう言ったフェルターに、ロックスが頷く。

「確かにな。もうそろそろ慣れてきたぞ」

そんな会話をする二人にスペイサイドが諦観を込めて呟く。

「……今回のはまた別種の技術だから驚いているのです。昔は魔術による建築などもあったようですが、今は石の魔術でブロックを作り、それを並べて灰溶剤にて固めていくのが主流です。魔術なしで建てるより早くはありますが、それでも一日でこんな建物を建造するには至りません」

解説するスペイサイドにフォアが首を左右に振る。

「……この技術も興味深いが、今は先日の続きを学ぶことが先決だ。授業後、時間を割いてもらえるならば各々質問すると良い」

ちょうどよくそう言ったフォアに微笑み、扉を順番に開けてもらうことにした。

「すみませんが、皆さん。順番に扉を開け閉めしてもらえますか？」

お願いすると皆は顔を見合わせたが、すぐにストラスが扉の取っ手を握った。

直後、取っ手を起点として扉が薄い光に包まれる。

「な、なんだ……？」

驚くストラスに、私は頷いて答えた。

「上級魔術を余裕をもって使えるほどの魔力量を持つ人でないと、この扉は開きません。仕組みは単純です。取っ手を握ると魔力の濃度を測ることが出来ます。一定の魔力を感知するとフックが外れるだけです」

「……単純、なのか？　いや、それだけ聞けば単純かもしれんが」

「まぁ、今は中にどうぞ」

首を捻るストラスの背中を押して扉を開けさせる。すると、一番に入室したストラスの魔力を吸い、一部の壁が淡く発光する。

室内は通気口と排水用の穴がある程度で、ほぼ四角い箱である。

ただ、外からの光と魔力による灯りに包まれ、さほど薄暗いとは感じない。

「……何もない？」

アイルが無意識に呟いた。中を見回す皆の気持ちを代弁したかのような台詞に思わず笑う。

「ここは攻撃魔術の実験場です。竜の息吹《ブレス》のような広範囲で極大威力の魔術は対応外ですが、通常の上級魔術なら問題ありません」

そう告げてから、私は電撃の魔術を放つ。

「雷閃撃《ライジング》」

建物の奥に向けていた手のひらの先に白い球が浮かび上がる。五本の指から白い球に向けて電気の線が走った。白い球は瞬く間に大きくなり、やがてボウリングの球ほどになった。

そして、弾丸のように白い球が射出される。周囲に青白い電撃の跡を残して、白い球は部屋の奥に飛ぶ。

耳に突き刺さるような轟音と建物の壁が爆発する破壊音が響き渡った。

皆が耳を押さえて顔を顰め、目の前の景色に唖然とする。

「……穴が空いたぞ」

ロックスが呟いた。その言葉に、コートが慌てながら穴の空いた壁を指差す。

「あ、えっと、強靱《きょうじん》な防壁であっても、雷の魔術なら貫通する、という……？」

そう言うコートに、私は首を左右に振って否定する。

「ただの厚さ一メートルほどの壁です。氷や石のような物理的破壊力のある魔術ならば貫通は可能でしょう。ただし、この建物は上級未満の魔術では破壊することは不可能です」

私の言葉に、誰もが疑問を持つだろう。

だが、やがて砕けた岩がふわりと浮かび上がり、穴を埋めていくのを見て、私の言葉の意味を理解した。

「な、直っていく……」

シェンリーの言葉の後、エライザが興奮した様子で私に駆け寄ってきた。

「こ、これも魔法陣の力ですか!? 確か、ブッシュミルズ皇国にある遺跡にはそのような機能がある建物が……」

「落ち着いてください。建物のことはまた次回に。今は、ここで電撃の魔術の実習を行います」

テンションの高いエライザに手のひらを見せて落ち着けながら、私は皆にそう告げた。

ここならば、学院に被害は出ない。

「先日教えた電撃の魔術に、指向性を持たせます。今回の詠唱と魔力の操作を覚えたら、皆さんは電撃の魔術を覚えたと言えるでしょう。さぁ、バンバン撃ちますよ」

私はそう言って、授業を始めた。


授業が終わる頃には、威力に差異はあれど、皆が電撃の魔術を覚えることが出来た。授業終了後も、皆は満足そうに顔を見合わせて新しい魔術について語り合っている。

私の周りにも、シェンリーとディーンが質問しにきていた。

二人の話を聞いている私に、ふらりとフォアが歩いてくる。

何か話したそうな雰囲気に気が付き、私は二人に静かにしてもらい、フォアに向き直った。

フォアは険しい顔で私を見下ろし、静かに口を開く。

「……良い授業だった。どうやら、私の思い違いだったらしい」

そう言ったフォアに、思わず微笑む。

「それでは、授業を続けても?」

「……お願いしよう。そして、出来ることなら私も参加させて欲しい」

「ありがとうございます」

お礼を言うと、フォアは軽く会釈をして踵を返し、去っていった。

こうして、私はようやく上級教員の一人であるフォア・ペルノ・ローゼズに認められたのだった。

◇

フォアが自らの授業において、アオイの教師としての資質を認め、上級教員として相応しい知識と技量を有していると話した。

「皆も一度、受けてみると良いだろう」

そう言ったフォアに、高等部の生徒達は驚く。また、そこまで言わせたアオイにも。

この衝撃的な噂は最初に流れた悪い噂を瞬く間に飲み込み、洗い流した。

それにより、貴族意識の高い生徒や、いまだ他の上級教員がどう思っているか分からないと警戒する生徒を除き、アオイのことは多くに認められることとなった。

ここからが、本当の教師としての生活だ。

エライザから噂を聞いたアオイは、改めて気を引き締め直したのだった。

【ＳＩＤＥ：メイプルリーフ聖皇国】

元々は、魔術学の長けた国だった。特に、癒しの魔術においては他国の追随を許さぬほどに。

しかし、フィディック学院がヴァーテッド王国に出来てから、その印象は殆ど奪われてしまった。

六大国が出資し、特別な自治を認められた区画も用意されている。だが、特別自治領ウィンターバレーがあるのは、やはりヴァーテッド王国なのだ。

それで全てが決するというわけではないが、優秀な魔術師を多く保有する国は発言力が違う。

中央会議にあっても、ヴァーテッド王国の発言には皆が異を唱えづらくなっていた。

危機感を抱いた各国は、それぞれがフィディック学院に並ぶ魔術学院を作ろうと躍起になる。それはメイプルリーフも例に漏れないことだった。

だが、どんなやり方を行っても、フィディック学院の名声には届かない。

宮廷魔術師を教師に据えても、フィディック学院に入ることが出来なかった生徒の集う学院というイメージを覆せない。

上手くいかないと歯痒い思いをしているところに、フィディック学院に通うハイラムより定期連絡が入った。

曰《いわ》く、我が国が誇る上級教員のフォア・ペルノ・ローゼズが、新しく上級教員になった女に魔術師として敗北したという。

宮廷魔術師が二十人以上いて、魔導部隊も他国より多彩に組織している。だが、他国の印象はそのフォアが敗北したという一文ばかりに注目するだろう。

「ぬぅ……！」

思わず手紙を破りかけて、自制した。

肩を揺らして荒い呼吸をしながら、近衛を呼ぶ。

「アラバータ！」

「はっ」

名を呼ぶと、白い鎧に身を包んだ壮年の大柄な男が一歩前に出て返事をした。

兜《かぶと》を被ってなかった為、鉄の兜よりも厳《いか》つい顔がこちらを向いている。頭には不似合いな獣の耳が生えていた。最早ツノか何かのようにも見える。

「この書状には、中々腹立たしいことが書いてある」

そう前置きして、中身を伝える。

すると、アラバータは難しい顔で唸った。

「……陛下のお考えを」

判断に迷ったのか、アラバータは自らの考えは述べず、こちらの意向を伺う。

「この、アオイ・コーノミナトという魔術師を我が前に連れて参れ」

そう答えると、アラバータは静かに頭を下げて一言発した。

「はっ！　しからば、私に権限と同行する部下をお頼みします」

「何名つける」

「……近衛から十名。また、相手のことを考えて宮廷魔術師のクラウン・ウィンザーを頼みます」

その名を聞き、思わず笑う。

確かに、あの魔術狂いならば指令など関係なくついて来るだろう。

「分かった。権限としては私の代弁者を名乗れ。書状を持たせよう」

「はっ！」

力の入った声で返事をして、アラバータは深く頭を下げた。

さぁ、フィディック学院の魔女がどんな者か、その顔を拝んでやろう。

私は一人、口の端を上げて、ハイラムから届いた書状を破り捨てた。

【ＳＩＤＥ：エライザ】

「で、では、詠唱も魔法陣も、突き詰めれば同じことに……！」

「そうですね。ただ、言葉なのでニュアンスが変わります。そのニュアンスの違いを魔法陣で表すのはかなり大変です。逆も同様ですね」

「ふぉ、ふぉぉおおっ！」

長年行き詰まっていた研究に、次々とヒントが流れ込んでくる。

これまで暗闇の中を手探りで探求していた魔法陣の研究に、一条の光明どころではない大量の灯りが降り注ぐ。

大興奮して質問を口にしていると、ストラスが眉根を寄せて私のコップにコップの縁をぶつけた。

コツンという音がした為、思わずそちらを見る。

「……騒ぎすぎだ。研究の質問はまたにしろ」

そう言って、ストラスは不機嫌そうに串に刺さった肉を齧り、果実酒を口に運ぶ。

思わず、私も串を手に取り、肉に齧りついた。

「……ここのお肉、美味しいですよね」

「素材が良いんだ。味付けも良いが、肉の甘みはなかなか……」

私とストラスがそんな会話をしていると、店の奥からスラリとしたシルエットの人影が近づいて来た。

艶やかな青い髪の魔術学院教員、スペイサイドだ。

「……また貴方達ですか」

そう言って深く溜め息を吐くと、また口を開く。

「こっちに来なさい。個室に案内します」

「え?」

突然の言葉に三人揃って固まってしまった。皆でスペイサイドを見上げると、謎の微笑みが返ってくる。

「フォア・ペルノ・ローゼズ氏もいますので、ちょうど良いでしょう」

と、信じられないことを言い出す。

フォアと同席などしたら、私以上に質問責めにするに違いない。

「ダメです! 今日は仕事のことは忘れて、三人の親交を育もうと……」

断ろうと話す私を見て、思わずといった様子でストラスが口を開いた。

「どの口が……はむっ」

余計なことを言いそうになったストラスの口に、肉の刺さった串を入れる。無言で肉を食べるストラスが抗議するように見てきたが、あまり怖くない。

そんな私達を見て、スペイサイドが鼻を鳴らす。

「アオイ先生。この二人と食事を共にするよりも、私とフォア先生と食事をした方が有意義な時間が……」

「ご遠慮します。今日はお二人と約束をして参りましたので」

と、アオイはスペイサイドの言葉を遮ってはっきりと断ってくれた。

「……そうですか。では、次回は是非とも我々とお願いします。それでは」

若干悔しそうにそう言うと、スペイサイドは背を向けた。

だが、帰る前に一言、捨て台詞を残す。

「ここは公共の場です。お静かに」

その言葉に、私達三人は素直に頭を下げた。

「すみません」

謝ると、スペイサイドは片手を上げて軽く振り、去っていった。

これまでにない、柔らかい態度と仕草に、私達は思わず顔を見せて笑い合い、再び乾杯をする。

アオイの登場から、学院の中は劇的に変わってきている気がした。

まだ僅かな期間だが、様々なことが良い方向に向かっていると思えた。

そして、それはまだまだ途中である。

私達は授業のこと、生徒のこと、魔術のこと……そして、アオイの非常識さについて笑いながら話し合った。

「甚だ心外です」

アオイが苦笑しながらそう言ったが、私とストラスは譲らなかった。

そうして楽しい食事をしていると、不機嫌そうな顔のスペイサイドが再び現れ、私達はまた怒られたのだった。

番外編　オーウェンへの手紙

学院に入ってから、学院内の図書館や他国の魔術師から話を聞き、新しい魔術について学んだ。

とはいえ、この魔術学院では既にそれら複数国の魔術を基に応用がなされている。その為、学院にいる魔術師は良くも悪くも各々の国で独自に進化した魔術を忘れ、学院で教える洗練された魔術を学んでしまっていた。

新たな発想という意味では、むしろ各国の古い魔術を学ぶ方が目的に近付く気がした。

ただ、教員や生徒問わず、独自に研究をしている者は別である。彼らはそれぞれが新たな魔術を開発したり、既存の魔術を改造しようと試行錯誤している。

ものによっては、面白い切り口で研究している者もいるだろう。

そういった内容を主に書き、ちょこっとだけ健康を気遣った一文を入れて手紙を出した。

オーウェンの住む場所までは行商人も辿り着けないので、手前の街までだ。あそこの道具屋ならば、一ヶ月に一度くらいのペースでオーウェンが立ち寄る筈である。

一ヶ月後くらいに返事があれば良い方か。

そう思って手紙を出したのだが、それから僅か三週間後、本人が来た。

正確には学園内まで入ることの出来る行商人が手紙を持ってきたのだ。

その手紙を確認したところ、街の外で待っているということだった為、すぐに街の外の街道に向かった。

「久しぶりだな」

何事もなかったようにオーウェンがそこにいた。木の幹に背を押し当てるように体重を預け、片手を上げて挨拶をしてくる。

「……何をしてるの」

いろいろと言いたいことはあったが、口から出たのはその一言だった。

「手紙を読んだ」

「なるほど」

オーウェンの端的な台詞に、ここまで来た理由だろうと察する。

「……街の中で会えばよかったのに」

そう言うと、不貞腐れたような顔で鼻を鳴らされた。

「グレンは別として、他の魔術師に会うつもりはない。これでも一部では名が知れている……悪い意味でな。だから、煩わしいことに絡まれないようにここを指定した」

不満そうな顔でそう口にしたオーウェンだったが、すぐに思い出したように手紙を取り出し、街道から外れた浅い森を指し示す。

「ここは目立つ。向こうに場所を用意した」

と、非常に簡潔で説明不足が目立つ台詞を聞き、私は苦笑と共に頷いた。暫く会っていなくても、オーウェンらしさは失われなかったらしい。

懐かしいとともに腹立たしい気持ちになるのは何故だろうか。

オーウェンについていき、森の中へと足を踏み入れる。

僅か数ヶ月の学院都市での生活だが、もう不安定な森の中を歩くのは久しぶりだなどと感じていた。柔らかい土や木々の根に歩みは遅くなる。だが、木々の枝や葉によって疎らに散らされた太陽の光や濃い空気、樹木の香りは精神を落ち着かせてくれる。

そんな森の中を二十分近く歩くと、急に開けた場所に辿り着いた。森の中にぽっかりと穴が空いたような特殊な空間だ。通常であれば、そういった場所には沼や河川の曲がり角があるものだが、そうではなかった。

丸く切り開かれた空間の中心には、二階建ての家があった。急ごしらえだろうに、見た目は立派な石造りの住居だ。真新しい綺麗な外見でありつつ、懐かしい雰囲気の見た目である。

それはそうだろう。なにせ、私がオーウェンと暮らしていた時の住居とそっくりそのままなのだから。

「……もしかして、家を持ってきた？」

この短時間で、転移魔術を開発したとでもいうのか。

そう思って尋ねると、オーウェンは腹の立つ顔で鼻から息を吐いた。

「馬鹿者。そんなわけがあるか。この家は昨日建てたのだ。せっかくだから、アオイが住み慣れた家を再現しただけだ」

と、冗談のようなことを口にする。

転移魔術ほどではないにせよ、十分に異常なことを言っているのだが、オーウェンは全く気づいていない。まぁ、学院に勤め始めるまで私もそれを異常とは思っていなかっただろうから、何も言うことはできないが。

実際、手紙が届いて僅か数日でこの街まで来て、一日で森の一部を切り開き、家まで建ててしまったのだ。グレン学長であっても呆れる案件だろう。

「……まぁ、良いわ。それで、中には入らないの？」

そう告げると、オーウェンは一瞬不満そうに眉根を寄せた。だが、すぐに鼻を鳴らして踵を返し、家の方へと歩いていく。

その様子に、私は「あ」と声を出した。もしかしなくても、この家を作ったのは私の為だったのだろう。懐かしい家の姿を見れば、私が喜ぶと思ったのか。

それに気づいて、思わず微笑む。分かっていたことだったが、言葉足らずで頑固で不器用で、優しいエルフだ。

「ほら、久しぶりにご飯を作ってあげるから、手伝ってくれるかしら」

そう言うと、オーウェンの耳がぴくりと動いた。

「む……面倒なことだが、皿洗い程度ならば手伝ってやらなくもない」

こちらを振り向かずに言われた言葉だが、オーウェンの機嫌が上向いているのが何となく分かる。

苦笑しつつ、私はオーウェンの後に続いて家屋の中へと足を踏み入れた。

ふわりと、新しい家の匂いがする。内部も住んでいた家をよく再現してあったが、家具や調度品などはあまりない。流石にそこまでは用意できなかったのか。

「……書物が全然ない建物にオーウェンがいるなんて凄い違和感ね」

「煩い。本当ならば今すぐ学院に攻め込んで蔵書という蔵書を強奪したいくらいだ」

「やめなさい」

物騒なことを言う魔術馬鹿に一応釘を刺しておく。

オーウェンは肩を竦めて、ポツンと置かれた二脚の椅子とテーブルの前に移動し、片方の椅子に腰かけた。

反対側に座ると、テーブルの上に何枚かの紙と、私からの手紙を広げた。

「食事の前に確認と検証を行う」

「ええ」

頷くと、オーウェンは目を鋭く光らせる。

「まずは、アオイの同僚だというエライザという教員だ。研究は魔法陣。どうだ。詳細は聞いたか。我々の魔法陣とは異なるアプローチは？」

「詳細は聞いたけれど、新しい発見まではなさそうね。教員としての仕事をしている傍らで、一人で研究している状況だから当然だけど……あ、でも少し面白い点があったかしら」

「面白い？」

「ええ。エライザが実験的に開発した魔法陣は、魔術を発動するまでの過程には辿り着けてない。けれど、オーウェンが作った魔法陣とはかなり違う形状なのに、魔力を蓄えることまでは成功しているのよ」

そう答えると、オーウェンは驚きの声を発する。

「ほほう、それは面白い！　一つ目の工程が達成できているのならば、次は変換か。我々が使う魔法陣を教えるのは簡単だが、それでは面白くない。何とか独自の方法で第二段階まで進んでもらいたい。現在の研究成果も詳しく聞きたいぞ」

「じゃあ、一先ず私が聞いている範囲だけ」

テーブルの上にある紙を一枚受け取ると、そこにエライザが研究していた魔法陣の一つを描く。我々が作る円を模した魔法陣ではなく、四角をモチーフにしたようなデザインのものだ。柔軟な形とは言い辛いが、その後の魔法陣の立体化や組み合わせを考えた場合、優れた構造なのかもしれない。

「ふむふむ……なるほど。面白い。無駄を省く為、魔力の円滑な流れを意識して丸く魔法陣を作ってきたが、複雑な魔術や新しい魔術の開発の場合、あえてこういった形状も良いかもしれない」

答えて、オーウェンは暫くエライザの考えた魔法陣を眺めた。

そして、顔を上げる。

「うむ。では次だ。正直、上級教員や他の教員の研究内容は然程興味が惹かれる内容ではなかった。

むしろ、常識に囚《とら》われ過ぎていて面白くない。それなら、ヴァーテッド王国の秘宝か、寮長だというグレノラ・ノヴァスコティアについて話を聞いておきたいものだ」

「……寮長、について？」

首を傾げながら聞き返すと、オーウェンは腕を組んで唸る。大柄で見た目が怖いが親切なグレノラという寮長がいると書いただけだというのに、オーウェンは何が気になったというのだろうか。

そもそも、私は手紙にフルネームを書き記した記憶もないのだ。もしかして、オーウェンの昔の知り合いなのか。

そう思っていると、オーウェンは肩を竦めて手紙に記されているグレノラの名を人差し指で突く。

「……グレノラ・ノヴァスコティアは、メイプルリーフ聖皇国の元聖女だ。つまり、聖皇国が認める上位五名に入る癒しの魔術の使い手ということでもある。聖皇国は癒しの魔術において他国より頭一つ抜けているからな。更に聖女と呼ばれる魔術師には秘伝の魔術が授けられる」

「秘伝の魔術？」

聞き返すと、オーウェンは深く頷く。

「怪我、病に問わず、半死半生の者を完全に全快させることが出来るという最高峰の癒しの魔術だ。過去、最も優れた聖女だった者は死んだ者すら蘇らせたという」

「死者蘇生……」

驚くべき魔術だが、それよりもグレノラが元聖女であるという話の方が驚いた。

雰囲気はどちらかといえば最強の攻撃魔術の使い手にしか見えない。世界トップクラスの癒しの魔術の使い手というのは予想外過ぎる事実だった。

それに驚いていると、オーウェンは咳ばらいを一つして再び手紙を指し示す。

「さて、最後に最も気になっていた件だが」

「え？」

言われた言葉に驚いて思わず手紙を見た。

ほかに何か書いただろうか。特別目に留まるような内容はなかったように思うが。そう思っていると、オーウェンはその疑問に答えた。

「例の、祈雨魔術を研究しているというバルヴェニーという学生の研究内容だ」

「バルヴェニー君？」

祈雨魔術の研究に、何か思うことがあっただろうか。

正直に言えば、バルヴェニーの研究はある意味無駄骨となってしまうだろうと思っている。何故なら、雨や雪、雷の魔術に関してはもうオーウェンの研究により出来上がってしまっているのだ。

申し訳ない気持ちもあるが、これぱかりは仕方がないことである。

しかし、オーウェンはそんなバルヴェニーの研究に興味を持っていた。

「何が、そんなに興味を？」

尋ねると、含みのある笑みが返ってくる。

「どちらかというと、アオイの方が興味を持つべき内容だろう？　バルヴェニーの研究内容を聞いたのに、気づかなかったか」

「……激辛のカレーライスを作られたくなければ、早めに口を割るように」

「うむ、腹を立てるな」

笑いながら流され、オーウェンは天井に向けて人差し指を立てた。

「そもそもアオイの発案で完成した魔術だが、雨を降らす時、我々は火と水、風を使って雲を作るという方法をとっている。これは雲の作り方を知っているアオイならではの発想だったが、他の魔術師は別の考え方で雨を降らそうとした筈だ。そして、バルヴェニーの研究もまさにその別の考え方に基づいている」

「別の方法……」

オーウェンの口にした単語を復唱して、私は気が付いた。

ハッとして顔を上げると、オーウェンは不敵な笑みを浮かべて頷く。

「そうだ。つまり、バルヴェニーの研究は雲や水の塊を、空の上に出現させられないか、ということだ。詳しく書かれてはいないが、おそらくバルヴェニーの研究内容には転移魔術に関するものが含まれている。水の魔術が得意だということは、水の魔術だけでは雨を降らすことは出来ないと悟っている筈だからな」

「……今度、詳しい話を聞いてみる」

答えると、オーウェンは何度か頷いて黙った。

そして、数秒の間が空く。

「……腹が減ったな」

「そう。何が食べたい？」

突然、空腹を訴えられて聞き返す。すると、オーウェンは真面目な顔で悩む素振りを見せた。

「………シチュー」

「シチューね。分かったわ」

悩んだ結果、ちょっと可愛い注文が出てきた為、私は笑いを堪《こら》えながら返事をした。オーウェンは無言で頷いていたが、その長い耳はまたぴこぴこと反応を示していた。

番外編 一 生徒達との休日

休日は、何となくエライザやストラスと学院外のレストランで飲食を共にするのが日課になっている。大体は二人がお気に入りという店だが、たまに利用したことのない店や、噂を聞いた有名店に足を延ばすこともある。

とはいえ、エライザもストラスも各々独自に研究している魔術がある為、基本は夜の食事のみである。一方、私は多少研究の時間を確保してはいるが、平日に時間的余裕がある為、あまり休日に魔術の研究をすることは少ない。

つまり、休日の昼間は暇な時が多々あるということだ。

そんな私が最近行っている日課は、街の散策と落ち着けるカフェ探しである。

海外旅行をしたことがなかった私にとって、街並みを見ながら歩くだけでも良い気分転換になる。それに、日本では見ない雰囲気のカフェも面白い。

あまり洗練されているとは言えないが、壁にカラフルな布が掛けられたカフェや、渋いパブのような厳ついカフェ。巨大な樹木をくり抜いたような特殊な形状のカフェや、石で出来たかまくらみたいな見た目のカフェだってある。

様々な国の商人が集まる学院都市という特殊な環境もあるのかもしれない。

「さて、今日は東側のカフェを……」

期待を胸に学院の外に出て独り言を呟きかけたその時、視線の端に複数の人影があることに気が付いた。

「あ、あの……」

「アオイ先生……」

聞きなれた声に顔を向けると、そこにはシェンリーとコート、アイル、リズ、ベルの姿があった。

シェンリーは真っ白なワンピース姿であり、コートは黒を基調とした落ち着いた衣服を着ている。アイル、リズ、ベルはそれぞれ細かな刺繍が施されたスカートとシャツを着ていた。全員が示し合わせたように外出用らしき私服姿である。

珍しい組み合わせだが、五人で遊びにいくところだろうか。シェンリーが友達と遊びにいくというのなら、とても嬉しいことなのだが。

そんなことを思いつつ、私は皆に体の正面を向けた。

「こんにちは。皆さんもお出かけですか？」

そう尋ねると、照れて俯きがちになるシェンリーに苦笑しつつ、アイルが代表して口を開いた。

「アオイ先生が休日、街へお出かけしていると聞いてきました！」

アイルがテンション高くそう宣言すると、コートが苦笑しつつ補足説明を行う。

「シェンリーさんがアオイ先生と一緒に外出をしたいと言っているのを聞いて、妹が余計なことを考えてしまったようで……もちろん、ご迷惑ならお断りしていただいて結構ですから」

困ったように笑いながらそう言うコートに、私は眉根を寄せて首を傾げる。

「……私と、ですか？　私は特に目的もなくカフェを巡るだけの予定ですが……」

そう口にすると、アイルがリズとベルに手のひらを向けて口を開く。

「お任せください！　私もそうですけど、リズとベルもカフェには詳しいですからね！　アオイ先生が知らないような隠れた名店へご案内してみせます！」

「あ、あはは……が、頑張ります」

「アイル……また余計なことを言って……」

アイル以外は複雑な顔をしているが、シェンリーだけは祈るような目でこちらを見ていた。仕方ない。

たまには、大人数で出歩くのも面白い、かもしれない。

「……良いでしょう。皆さんが楽しめるかは分かりませんが、ご一緒しましょう」

そう答えると、アイルが飛び上がって喜んだ。シェンリーも輝くような笑顔を見せてくれている。

ここまで喜んでもらえると、こちらも嬉しくなる。

「街の東側のカフェを探してみようと思っていたのですが、どこか良い店は知っていますか？」

質問すると、アイルは片手をあげてベルとリズを見る。

「緊急会議です！」

「はーい」

「はいはい」

アイルの言葉に苦笑しつつ、二人は端に移動し、三人で顔を突き合わせて会議が始まった。

十数秒して、アイルが胸を張ってこちらに向き直る。

「白猫の寝床はどうでしょう!?　東の街の端っこにある為、お客の数は少ないけど広々して綺麗なお店です！」

「あ、そこは行ったことがあります。良いお店ですよね」

答えると、アイルは分かりやすく肩を落とし、がっくりと脱力した。全身で残念感を表現したアイルだったが、すぐに顔を上げて片手をあげた。

「緊急会議！」

「はは」

「はいはい」

と、またも会議が始まる。その様子にコートが乾いた笑い声を上げて苦笑いをしていた。他国の貴族としては、頭が痛くなる光景なのかもしれない。

そんな中、シェンリーがおずおずと手を挙げる。

「あ、あの……じゅ、獣人のお店でも、良いでしょうか……」

消え入るような声で言われた質問に、私は首を傾げた。

「え？　むしろ、獣人の方のお店は行ってみたいくらいだけれど」

そう告げると、シェンリーはパッと花が咲いたような笑顔で頷く。

「ほ、本当ですか!?　で、では、眠れる虎の宿に……」

慌てた様子で店の名前を口にするシェンリーに、皆の目が集中した。

「……宿？」

◇

街の東側は店舗が他の区域に比べて少なくなり、代わりに安めの宿が増える。

様々な国の貴族が多く滞在する街ということもあり、自然と住み分けが出来ている。そして、金銭に余裕がない者達が集まる区域ということは、必然的に獣人が増えるということでもある。

ヴァーテッド王国では、差別や迫害といった強い悪感情によるものではないが、どうしても獣人などの亜人は重職に付ける者が少ない。故に、その家族や新たに街に訪れた亜人も下働きのような仕事がメインとなる。

その状況で、少しでも亜人達の生活の助けになればと商売を始めたのが、眠れる虎の宿の主人であるという。

宿の見た目は丸太で造ったログハウスのような雰囲気だった。二階建てであり、意外にも大きな建物だった。外側は塀で囲まれており、塀の内側に入ると青空のテラス席があり、そこには亜人の客が楽しそうに飲食をしている。

面白い光景だ。それらを眺めつつ店内に入ると、そこは天井の高い広間だった。壁代わりに葉の少ない木々が室内に並べられており、椅子は殆どが二人掛けのソファーだ。大きな体躯の獣人も使えるようにという配慮だろう。そのゆったりとした空間は居心地が良く、お客らしき亜人達もソファーに座り込んで寛《くつろ》いでいる。

奥にはカウンターがあり、その向こう側には筋骨隆々の獣人の男性が腕を組んでこちらを見ていた。その様子に臆することなく、シェンリーが先頭を切って向かっていく。

「マスター。今日は、学院の先生と先輩と、お、お友達を連れてきました」

少し躊躇いながら口にした言葉に、マスターと呼ばれた獣人は厳つい顔のまま目を見開いた。

「学院の、先生と先輩と……お友達、か」

低い、渋い声だ。だが、頭の上にある耳は丸みがあって可愛らしい。マスターが呟きながらこちらを見てきたので軽く会釈をすると「ふむ」と低い唸り声がした。もしかしたら、シェンリーを心配してこちらの見定めをしているのかもしれない。

「……初めまして。魔術学院で教師をしております、アオイ・コーノミナトと申します」

挨拶をして丁寧にお辞儀をすると、すぐにコートも後に続いた。

「コート・ヘッジ・バトラーです。コート・ハイランド連邦国出身です」

コートが自己紹介をして軽く一礼すると、アイルが両手を広げて人懐こい笑顔を見せる。

「アイル・ヘッジ・バトラー！　シェンリーさんのお友達です！　よろしくね！」

アイルがそんな明るい挨拶をすると、リズとベルも同様に挨拶をして頭を下げた。アイル達が友人であると肯定してくれたのが嬉しかったのか、シェンリーがそわそわしながら成り行きを見守っている。その尻尾が大きく振られているのを横目に見て、マスターは厳つい顔のまま頷いた。

「……二階の奥のテラス席が空いている。注文は、今日はお任せしかないぞ」

ぶっきらぼうにそんなことを言うマスターに、コートが目を瞬かせて驚く。上級貴族であるコートが、自己紹介した後もそんな態度をとられたことは皆無だろう。

その様子を見て焦ったのか、シェンリーが慌てて前に出てきた。

「あ、ありがとうございます！　マスターの料理はとても美味しいので楽しみにしてますね！　さ、さぁ、皆さん、こちらへ！」

まるで店員にでもなったようにテキパキと階段までの道を案内し、先導するシェンリー。

言われるまま階段を上って廊下を進んでいくと、突き当たりが外から陽が差し込んでおり、明るくなっていることに気が付く。

廊下の突き当たりには観音開きの木製の戸があり、それをシェンリーが開いた。すると、それまで隙間から差し込んでいた陽の光が一斉に目に飛び込んでくる。一瞬、目の前が真っ白になったような感覚に目を細めたが、すぐに視界が戻ってきた。

腰の高さほどの壁に囲われたテラスだ。四隅に成人男性ほどの高さの木が置かれている。中心には丸いテーブルが置かれており、椅子が六脚、囲うように配置されていた。椅子もテーブルも装飾が緻密で凝っている。屋根がせり出してはいるが、景色を邪魔しないようにうまく造られていた。

空は透き通るように青く、周囲の建物の配置も計算されたように景色を邪魔していない。いや、周囲の建物の状況を見て、ここにテラスを置いたのかもしれない。

あの厳ついマスターからは想像もできない、繊細で落ち着ける雰囲気のテラス席だった。

「……うわぁ、これは負けたかも」

アイルが困ったようにそう呟く。それに、コートが苦笑交じりに頷く。

「勝った負けたじゃないけれど、このテラス席は素晴らしいね。人目を気にしなくて良いし、景色も街の中とは思えない」

そう言いながら、コートはテラス席の奥へと歩いて行った。手すりに手をのせて、外を見下ろす。

「……なるほど。大通りの先まで眺めることが出来るようになっているのですね。そして、奥には学院が城のように……」

「本当だ！」

「綺麗ですね」

コートやアイル達がテラスの外にも注目して歓声を上げている姿を見て、シェンリーが嬉しそうに微笑んでいた。

「とても良いお店ですね。紹介してくれてありがとうございます、シェンリーさん」

そう声をかけると、シェンリーは慌てた様子で両手を左右に振った。

「い、いえいえ……私も偶然知った店ですから……」

と、謙遜しつつ、嬉しそうな顔は隠せないようだった。

無性に頭をワシャワシャと撫でまわしたい気持ちになったが、ここはグッと堪える。

椅子に座って皆で談笑していると、宿側からテラスへの戸を開ける音が聞こえた。顔を向けると、そこにはあの厳ついマスターが小さな配膳台を片手でバッグのように運んできた。

洋風な岡持ちのようだが、マスターの雰囲気から破壊兵器の運搬にも見える。

「テーブルに並べるぞ」

そう言われて、私達は何となく背筋を伸ばして居住まいを正し、頷く。

だが、並べられていく料理を見てシェンリーが焦り出す。

「あ、あの……こ、これは……」

「いつもの、一人五百の学生用セットだ」

仏頂面でマスターが答え、また更に一品、テーブルに置いた。既に、人数分のサンドウィッチやスープ、大きなケーキが一ホールまである。そこに、芋と味付けの肉を焼いた料理まで並んだ。

そして、紅茶らしきお茶が二種類、ティーサーバーに入った状態でテーブルの上に置かれた。ティーカップは花があしらわれたような可愛らしい模様のものだった。それが色違いで五セット。

これには、私も思わず口を開く。

「あの、私は教師ですので、適正価格で五人分お支払いしますが」

そう告げるが、マスターは腕を組み、首を左右に振った。

「……また、利用してもらえるようにサービスしたまでだ」

それだけ言って、マスターは驚くシェンリーを一瞥する。その目は、不器用ながらも慈愛に満ちており、ただのサービスでないことは何となく察することが出来た。

つまり、シェンリーとまた一緒に来て欲しいということだろうか。どうやって把握したのかは知らないが、マスターなりにシェンリーのことを心配していたのかもしれない。

それが分かったのか、シェンリーは涙ぐんで俯いてしまった。

マスターは私を見て、浅く会釈をし、その場を去っていった。

アイル達は首を傾げて顔を見合わせていたが、コートは苦笑しつつテーブルの上に手のひらを向けて口を開く。

「これだけ良くしてもらったのでは、お返しをしないのは連邦国の貴族として恥となるでしょう。また、この五人で訪れるとしましょう」

コートがそう提案すると、シェンリーが驚いたように顔を上げた。

薄ら涙が浮かぶシェンリーの顔に、アイル達がハッとした顔になり、三人でこそこそと何か短いやり取りをして、またハッとした顔になる。

そして、こちらを向いて大袈裟な態度で両手を広げて喜びをアピールした。

「え!?　また皆で来れるんですか!?　やったー！」

「すぐにまた来ましょう」

「そうしましょう」

三人が嬉しそうに紅茶をカップに注ぎ出すと、シェンリーが慌ててティーサーバーを手にする。

「わ、私がお注ぎします！」

言って、私やコートのカップに紅茶を注ぐ。その横顔は、嬉し涙を堪えるのに必死で、わずかに切ない気持ちになりつつも、ふわりと温かい気持ちが胸の内に広がった。

「……シェンリーさん。良いお店と、良いマスターさんですね」

そう呟くと、シェンリーは涙を零《こぼ》して微笑み、大きく頷いた。

「はい！」

◇

ゆったりと食事を楽しんだ後、一階の店内を興味深そうに見て回る四人を横目に、私はマスターに声をかけた。

「ありがとうございました。シェンリーさんが、とても喜んでいました」

そう言うと、マスターは片方の眉を上げ、頷く。

「……こっちの台詞だ。また、来てやってくれ」

そんなマスターの言葉に微笑みつつ、私は声のトーンを落とす。

「……マスターは、どうしてシェンリーさんのことを？」

多くを語らずにそう尋ねると、マスターが深い溜め息を吐いた。

「この店には、学院に通う獣人が多く来る。そこでされる世間話の中に、あの子が虐められているというものがあった。嘲笑うわけではなく、心配しているといった内容だ。だが、最近はそんな話がなくなり、代わりに変わった女教師が現れたという噂を聞くようになった。そして、その女教師が、王族を蹴散らしてシェンリーを助けた、とも」

そう口にして、マスターは深く、頭を下げた。

「正直、あんたみたいな教師がいるなんて、信じられなかった。シェンリーを助けてくれて、ありがとう。あの子を頼む」

真摯な言葉、態度だった。それに微笑みを返し、口を開く。

「もちろんです。シェンリーさんが最高の学院生活をおくることを約束します」

私ははっきりと、そう答えるのだった。

あとがき

この度は本作を手に取っていただき、本当にありがとうございます。井上みつるです。今回はアース・スターノベル様からの初出版ということもあり、大変緊張している次第です。

ちなみに、女性主人公の作品で初めての書籍化でもあります。正直、不安でなりませぬ。発売されてもいないのに読者様からの厳しいお言葉を想像して悶える日々を送っています。

ただ、そんな不安や恐怖を上回る喜びと感動で打ち震えてもいます。なにせ、イラストレーターにはあの鈴ノ様です。今、このあとがきを書いている目の前には鈴ノ様によって描かれたアオイやシェンリー、エライザの可愛らしくも美しい御姿が……。もちろん、超絶イケメンなストラスやロックス、フェルターのイラストもあります。超恰好良いです。

自分が書いたお話のキャラクターがイラストとして描かれる。これは非常に嬉しいことです。これだけで毎日を生きていけるだけのテンションを維持することが出来るといっても過言ではないでしょう。

このお話は、ファンタジー世界の学校に焦点を当て、規格外の力を持つ女性教員が同僚の教員や生徒を驚かせたり、悪い貴族を振り回したりしたら面白そうだ、という観点から書き始めました。滅多に書かない女性主人公だったり、自分なりに新しい試みを取り入れたりと、苦労する面も多々ありましたが、とても楽しく書ける作品でした。

そんな作品が、あのアース・スターノベル様から出版！　さらにイラストレーターには、あの鈴ノ様！　自らに舞い込む幸運に驚愕を通り越して恐怖している次第です。

恐らく、完成された本作が書店に並んでいるのを見たら、私は立ったまま気絶することでしょう。本屋さんでそんな怪しい人物を見つけた時は井上みつるだなと思ってください。

さて、それでは最後に御礼を書かせていただきます。

「小説家になろう」で読んでくださいました皆様。皆様のお陰でこのあとがきが書けています。本当にありがとうございます。そして、私の作品を拾い上げ、書籍作成の様々なアドバイスと構成を考えて練り上げてくださった担当のS様とアース・スターノベル様。素敵なイラストを描いてくださった鈴ノ様。本当にありがとうございます。

皆様のお陰で、この作品は出来上がりました。感謝の念に堪えません。

そして、この本を手に取り、ここまで読んでくださった皆様。本当に、本当にありがとうございます。読んでくれた方が少しでも楽しめるように書いたお話ですので、少しでも楽しんでいただけたなら、それ以上の喜びはありません。

出来ることなら、次巻でまたお会いできることを切に願っております。

素敵な作品に参加させて頂き
ありがとうございました!!
Suzuno.

世界へ!
ヘルモード
～やり込み好きのゲーマーは
廃設定の異世界で無双する～
二度転生した少年は
Sランク冒険者として
平穏に過ごす
～前世が賢者で英雄だったボクは
来世では地味に生きる～
贅沢三昧したいのです!
転生したのに貧乏なんて
許せないので、
魔法で領地改革
領民0人スタートの
辺境領主様
戦国小町苦労譚
毎月15日刊行!!
https://www.es-novel.jp/

ようこそ異
反逆のソウルイーター
～弱者は不要といわれて
剣聖（父）に追放
されました～
転生した大聖女は、
聖女であることをひた隠す
冒険者になりたいと
都に出て行った娘が
Sランクになってた
即死チートが
最強すぎて、
異世界のやつらがまるで
相手にならないんですが。
俺は全てを【パリイ】する
～逆勘違いの世界最強は
冒険者になりたい～
アース・スターノベル
EARTH STAR NOVEL

ルルナ刊行中!!
オススメ作品
ますます目が離せんな
ルナの相棒の獣人族の青年。おっちょこちょいな彼女をサポート＆護衛してくれる頼もしい味方。
老若男女楽しめる作品を、
今後も続々と刊行予定!!
EARTH STAR NOVEL

アース・スターノベ

Luna
はじめまして、ルナです！
未熟者ですがこれからも
どんどんオススメ作品を
ご紹介していきます！
ルナマークが目印だよ！
『異世界新聞社エッダ』に勤める新米記者。あらゆる世界に通じているゲートをくぐり、各地から面白いモノ・本などを集めている。

霊峰黒嶽へようこそ
は、ひた隠す
転生した大聖女は、
ひた隠す
A Tale of the Great Saint
3
コミカライズ3巻
大好評発売中!!!
漫画:青辺マヒト
コミックアース・スターにて
連載中!!
https://www.comic-earthstar.jp/

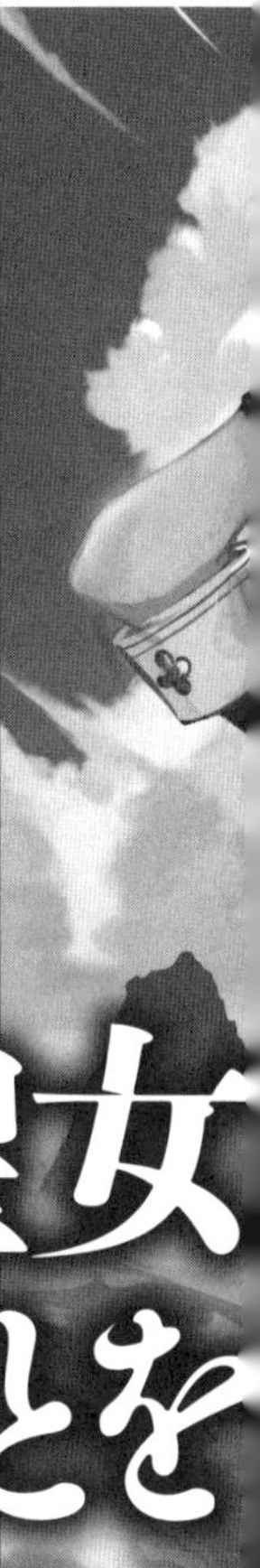

あらすじ

サザランドから王都に戻ってきたフィーアは、
特別休暇を使って姉に、
そして、こっそりザビリアに会いに行こうとするけれど、
シリルやカーティスにはお見通しで……。

さらに、出発日前日、緑髪と青髪の懐かしい兄弟に再会。
喜ぶフィーアだが、何故か二人も
霊峰黒嶽への旅路に同行することに!?

2兄弟+とある騎士団長とともに、いざ出発!
楽しい休暇が、今始まる!!

転生した大聖女
聖女であることを

十夜 Illustration chibi

EARTH STAR NOVEL

異世界転移して教師になったが、魔女と恐れられている件 ①

～王族も貴族も関係ないから真面目に授業を聞け～

発行 ―――― 2021年9月15日　初版第1刷発行

著者 ―――― 井上みつる

イラストレーター ―――― 鈴ノ

装丁デザイン ―――― 石田 隆（ムシカゴグラフィクス）

地図イラスト ―――― 髙田幸男

発行者 ―――― 幕内和博

編集 ―――― 佐藤大祐

発行所 ―――― 株式会社アース・スター エンターテイメント
〒141-0021　東京都品川区上大崎3-1-1
目黒セントラルスクエア　7F
TEL：03-5561-7630
FAX：03-5561-7632
https://www.es-novel.jp/

印刷・製本 ―――― 図書印刷株式会社

ISBN 978-4-8030-1565-2